U0598904

你是无限的
Shh！You 're Unlimited

陈永清◎著

贵州出版集团
贵州人民出版社

图书在版编目（ＣＩＰ）数据

嘘！你是无限的 / 陈永清著 . -- 贵阳：贵州人民
出版社，2022.11
　ISBN 978-7-221-17316-4

Ⅰ.①嘘... Ⅱ.①陈... Ⅲ.①游记 - 作品集 - 中国 -
当代 Ⅳ.① I267.4

中国版本图书馆 CIP 数据核字 (2022) 第 185415 号

嘘！你是无限的

陈永清 / 著

选题策划	象泽文化
出 版 人	王旭
责任编辑	徐楚韵
特约编辑	沈可成
封面设计	与众设计

出　　版	贵州出版集团　贵州人民出版社
地　　址	贵州省贵阳市观山湖区会展东路 SOHO 公寓 A 座
邮　　编	550081
电　　话	0851-86820345
网　　址	http://www.gzpg.com.cn
印　　刷	大厂回族自治县德诚印务有限公司
经　　销	新华书店
开　　本	880 毫米 ×1230 毫米 1/32　8.25 印张
版　　次	2022 年 11 月第 1 版　2022 年 11 月第 1 次印刷
I S B N	978-7-221-17316-4
定　　价	68.00 元

本书若有质量问题，请与本公司图书销售中心联系调换
电话：(010) 59450048

未经许可，不得以任何方式
复制或抄袭本书部分或全部内容
版权所有，侵权必究

关于作者

　　陈永清，过去十几年投身于职场，担任职业经理人，在房地产领域曾取得过许多骄人的成绩，创办过自己的幼儿园、品牌连锁酒店等商业项目。

　　职场生涯后期，开始主修心理学、禅舞与太极等。至此，开启探寻心灵、唤醒内在力量的蜕变之旅。

　　本书是作者开启生命蜕变模式后的第一本著作。主人翁千寻宝宝是作者的儿子，在千寻宝宝孕育之初，作者全面停止职场及个人商业生涯，全身心地投入到孕育新生命及陪伴成长的全过程，收获了无数个不可思议的奇迹与惊喜。

千寻宝宝出生时，相较于有有姐姐的出生，时隔九年，没想到无论是孕期还是产后恢复，抑或是养育宝宝，妈妈的状态都出奇地好，身轻如燕，活力四射。早在千寻宝宝到来的前一年，作者的家庭就共同确定了一个"十年百城"的旅行计划，读万卷书是学习，行万里路也是学习，在路上的体验更是对生命维度的另一种扩张。也因此，千寻宝宝成了环球路上的小婴儿。

书中分享了妈妈的轻松育儿宝典和千寻宝宝的环球旅行故事，以及作者收获到的生命礼物——你是无限的！

自序

　　《嘘！你是无限的》是一本记录千寻宝宝在妈妈孕期以及自出生以来成长到一岁阶段的环球旅行故事。

　　第一次出行是在千寻宝宝出生四十六天的时候，全家长途飞行到达南太平洋上的明珠——斐济，让生命参与了那里的风土人情；出生七十天，全家到达了曼谷；四个月，千寻宝宝最远的足迹到达了地球最北——北冰洋，躺过人间仙境贝加尔湖那厚厚的湖面冰层；九个半月，千寻宝宝来到了东方的瑞士——喀纳斯，在那里欣赏到了绝美的景象，也有了新疆突发疫情导致游客被隔离的特殊体验；十一个月，与妈妈和姥姥三代同行穿越了滇藏，感受了身体和灵魂合一的别样感受。

这本书详细记录了婴儿小宝贝在旅行中非常有趣的故事，超出了育儿过程中很多传统信念系统的认知。传统的信念系统认为婴儿太小了，所以这个不能、那个不行。然而，生命的功能和精微的构造本就远远超越头脑所能理解的范畴，本就是一个巨大的奇迹。所以，生命的本能是探索，是兴奋，是好奇，是积极地参与和融入，是创造，是感受，是体验，是流经，是大自然的一部分。当你选择信任他的时候，他会用生命的本能来呈现给你一个又一个的奇迹与惊喜。在他没有学会说话之前，他的行动和表现、他的开心与喜悦就一直在告诉你，他可以，他可以，他可以，他可以。

书中所写的事情，是我与千寻宝宝的亲身体验。体验是一份真真切切的存在，是一个个强而有力的发生，没有丝毫的虚假成分。透过这份巨大礼物的呈现，我想让更多的人意识到生命的顽强与伟大，认识到每个人无论他的年龄是多大，本质上他都拥有那份令人震撼的、与生俱来的内在力量，这是毫无疑问的。因为生命在创造之初，上天已经赋予了每个人那份天性与智慧，需要我们大胆地使用它，让它展示本身的强大与无限。人生短暂，每个人都值得活出生命的精彩与不可思议。

除此之外，本书第二章讲述了自千寻宝宝出生成长以来的育儿经验。千寻宝宝被养育得非常健康，非常活泼，特别爱笑，生命能量爆棚，邻居们都爱形容这孩子好皮实，实则夸赞他的健康、健硕、活力四射。每篇育儿宝典都短小精悍，简单实用，我就是这样轻松地养育孩子，实现了在路上的梦想。

这些心得和感悟不仅仅是一份完全活出内在力量的分享，更多的是想传递和表达每个生命都是远远超乎想象的顽强与伟大，都是独一无二的。生活的每一天都是新鲜的、精彩绝伦的，生命的本质和属性是充满奇迹和无限可能的，只要每个人用爱心、信心去浇灌，生命定能成长绽放得花繁叶茂。到那时，你的外在需求和拥有将变得简单，然而不可思议的是，你的内心却会感到无比丰盛和满足。每天的你期待着踏入这新的一天，只想用感恩的心、满满的爱将自己奉献给这一天的生命，你看见了每一天

VI

的你都如此精彩，如此喜悦，内心感到很满足、很平和。

与其说这是一本婴儿宝宝的环球旅行故事、育儿宝典，不如说它是一本重要的生命智慧启迪书。我总是说，对于生命意义的探寻是那么重要，而人们往往习惯性地只顾前行，实际上真相是，磨刀不误砍柴工，往往慢即是快，少即是多。所以，让我们试着慢下脚步，人生短暂，最终我们都将失去生命，何不先磨刀，再去砍柴呢？

相信，这会是一本令你大开眼界的奇妙的书，会给你的生命注入很多无形的力量，帮你看到生命本身的张力及无限的可能。

最后，祝愿每个人都能活出生命的精彩，创造属于你的生命奇迹。因为，生命美好，你如此值得！

一封信

亲爱的读者朋友们：

你好！

感恩这本书穿越不同的时间、空间而来，让我们在此相遇。

首先，非常感谢你选择阅读这本书，我想对你说，请接纳、认可、欣赏完美的自己，精彩的自己。亲爱的，至此，去认可、去嘉许、去欣赏你是一个完美的爸爸妈妈，你本就是一个精彩的独一无二的爸爸妈妈，你为宝宝做了你能力范围内能做的最大的最好的最棒的事情，你把你能给的最大限度的满满的爱统统都给了宝宝。你的宝宝是一个完美的、精彩的、独一无二的、聪明伶俐的、健康活泼的宝宝。你为地球迎来一个珍贵的新生命做了贡献，你天生就是一个完美的、独特的、精彩的爸爸妈妈，你做得很好，非常非常好。你很好，宝宝很好，一切都会越来越好！

每个孩子都是上天恩赐的礼物，是给父母带来开心、喜悦和爱的，是来引领父母朝向更高的生命维度探索和意识扩张的。

眼睛是心灵的窗户，孩子是一个全新的生命，他没有任何的思想和评判，没有好坏对错的观念，他的心灵是无比纯净的。透亮清澈的眼睛传递了他的纯洁与纯净，也因此，孩子们总是活在全新的当下，总是很满足，总是很喜悦，总是很开心，总是很兴奋。

比如，孩子的眼睛看一朵花，他看到的就是花，哇，好美的一朵花，他与花全然地在一起。他不会经过头脑的过滤与分析，这朵花属于什么科的、颜色是什么色系的、花期有多长时间等。他与花儿建立了深深的连接，开心喜悦满足地与花儿在一起，在欣赏着花，在赞美着花，花儿滋养了他，他的赞美和欣赏滋养了花儿，也滋养了他自己。在他与花儿的内在连接中，那一刻，他好幸福，他好喜悦，他好满足。同样的场景，成年人，尤其是年长的人们，如果无法活在全新的当下，看见花的那一刻，就会产生很多很多的思想念头，甚至会直接去到了评判和比较里，根本就没有在看花儿，或者看不见真实的花儿，是戴着有色眼镜在看花儿。比如，今年的花不如去年的美，这个颜色没有那个颜色好看，这里的花没有某个地方的花好看，这个花是玫瑰花还是月季花呢，我查查这个花粉会不会引起过敏、有没有毒……诸如此类。

你看，成人的世界和孩子的世界是完全不同的，当然，通过多年的学习，成年人通过训练自己活在全新的当下，是完全可以做到并看到孩子眼中纯净的绝美世界，非常神奇。我就是受训让自己活在全新的当下，得益于全新的当下呈现给我数不胜数的美好与奇迹的受益者之一。这很重要，因为孩子的世界，一切都是新的，都是未被设定的，都是喜悦的，都是好玩的，都是开心的，都是兴奋的，都是满足的。不是说生在皇宫才能喜悦，不是说生在平民家就不喜悦，不是这样的，是他本就是喜悦的，他直接启用的是生命初始状态，生命源头的属性和本质，那就是全新和喜悦。因此他会用全新和喜悦对待每一天、每一个当下，无论他生在皇宫还是平民家，他都是喜悦的。在他那里没有过去，没有抓取，没有控制，没有不足够，没有匮乏，没有期待。因此，当我们能意识到，活在全新当下的重要性。最最重要的，你能和你的宝宝有非常高质量的相处，你会完完全全读懂婴儿宝宝的内心，并且会享受那份至高无上的纯粹的爱与极致的身心滋养。

爸爸妈妈和养育者们，请不要期待每个宝宝的表现都一致，请不要期待宝宝今天的表现和昨天一致，请不要期待宝宝应该怎样如你头脑中想象的、预设的那样去表现。真相是，每个宝宝都像他的指纹一样，是独特的，是独一无二的，并没有一个固定的方法来框定每个宝宝应该怎么样，不应该怎么样，每个妈妈的用心和内在的感觉就是判断是不是最佳抚养方式的标准，也是判断是不是最适合自己宝贝抚养方式的标准。因为妈妈和宝宝之间有天然的脐带连接关系，只要用心，回到内在的觉知里，妈妈就能清晰地感知宝宝的感受，这是非常精准的，毫无疑问。

宝贝每天的表现都不相同，这是理所当然的，就像他在妈妈肚子里一样，一天一个变化，每一天他的细胞都在裂变，都在变化，都在成长。因此不要用头脑思想中的"我想、我认为"去各种预设框定宝贝，而应该去接纳、去允许、去欣赏、去感恩。

亲爱的宝爸宝妈们，在宝贝出生的最初几个月，宝贝就是你，你就是宝贝，欣赏他、爱他、赞美他，与他在一起，其实也是在欣赏自己、爱自己、赞美自己、与自己在一起，那是一种深深的连接，纯然的连接。你看着他安然的熟睡、自然的呼吸、舒展的脸庞，你忍不住想摸摸他亲亲他，你温柔地轻抚着他的头、他的脸、他的手臂，仿佛穿越到了你的婴儿时期，你抚摸的根本就是那个完美的、天真的、纯粹的、纯洁的、精彩的自己。就单单是这份纯然的高品质的爱，就已经给饱经风霜的你做了最深刻的自我疗愈与负面情绪的清理，你会感觉你就是那么好、那么精彩、那么棒、那么独特；你会心生无限喜悦与美好，会不可思议地爱你的生活、爱你的家人、爱你的生命、爱你所拥有的一切。

关于如何养育宝宝，大可更多地听从你内在的感觉或直觉。要知道，你的感觉好，宝贝的感觉就会好，尤其是妈妈，因为宝宝和妈妈有这种天生的脐带连接。所以，当你有内在感觉作为指引和方向的时候，你就会轻而易举地知道如何带他，如何养育他，如何陪伴他，并且你很轻松，你很从容，带宝宝自然就是一件轻松享受的事了。

目录

第三章 每个人都值得活出生命的无限 /225

第一章
环球路上的小婴儿

1

四十六天
环球路上第一站
——南太平洋上的明珠·斐济

四十六天

环球路上第一站

——南太平洋上的明珠·斐济

千寻宝宝出生四十六天的时候,我需要前往斐济参加一个课程。

斐济,又称斐济群岛,位于南太平洋中心,是世界著名的度假胜地、旅游天堂,被誉为"全球十大蜜月旅游胜地之一",是一片非常美丽且少有人打扰的人间净土,是一个仙境般的国度,温度适宜,海水清澈,沙滩洁白。由于人口稀少,风景宜人,欧美人爱把这里当作后花园,列为度假首选之一。

当我得知课程要在这么美丽的地方开设时,便有意要带全家一起前往。民航的规定是新生婴儿满十四岁天便可乘坐飞机,所以,对千寻宝宝乘坐飞机我是有信心的,当时唯一的顾虑是,从郑州飞往斐济要途经香港转机,并且转机后还有十一个小时的长途飞行。经过短暂的思考,我和先生还是坚持最初的想法——全家共同参与这场全新的生命体验。

有句话是这样说的:"当你知道你要去哪里,全世界都会为你让路。"

事实也的确如此。

千寻宝贝的第一次飞行是从郑州至香港，历时两个半小时，其间大部分时间他都在睡觉，所以，第一次飞行可谓是超乎想象的顺利，并且非常轻松。由于是婴儿小宝贝，所以一路所遇的好多工作人员都对我们关爱照顾有加，我们时刻感受到被爱与温暖包围。飞机即将落地的时候，为了缓解宝宝的耳压不适，我便及时给他喝奶，千寻宝宝通过吮吸自然缓解了飞机降落带来的不适，比想象中顺利得多。

当初我认为转机会有点麻烦，事实是，转机让我们在香港住了一晚，有了很好的休息调整时间，并且前一段飞行的良好开端为第二天的起航做了完美的铺垫。在各大机场候机楼，精心布置的母婴室带给了我们极大的便利，无论是休息、换尿布还是喂奶，都非常方便。这一人性化的设计太值得称赞了，千寻宝宝就是这个一路畅享并体验母婴室便利和超级服务的幸运宠儿。

接下来长达十一个小时的飞行并没有我们想象中的复杂，那个时期千寻宝宝大部分时间都在睡觉，平均间隔两小时吃一次奶，因此只需要根据他的作息规律，在他即将醒来时把奶粉冲好，喂他吃完，轻轻拍拍，不一会儿他就又睡着了。就是这样，不知不觉间我们顺利地抵达了人间天堂——斐济。

在斐济，到处都能看到头戴鲜花的人们，男男女女无一例外，男人们除了戴花，也穿裙子。这座美丽的岛屿，这个悠闲的国度，清凉的海风吹拂着高耸的椰林，岛上热带植物浓密成荫，海滩边洁白的沙滩，海里奇形怪状的珊瑚礁，色彩斑斓的鱼儿，到处都充满着热带海洋的原始生态美。

大家看到千寻宝宝这么幼小、这么可爱的小宝贝不远万里来到这里，都对他宠爱有加。酒店坐落在一个小岛上，四面环海，工作人员第一时间给我们安排好了住宿，稍作调整后，我们便迫不及待地融入了那片岛、那片海、那片人间天堂。

这个时候，我才发现，婴儿宝宝尽管很小，但他对亲近大自然表现得相当敏锐。在大自然中，在海边、在树林里、在沙滩上、在礁石边、在草地上，不管在哪里，他都表现得那么兴奋、那么开心。绿草如茵的草地上铺个浴巾，他就能躺在上面任由柔软的身体肆意挥舞，睡眠也没有那么多了，眼睛滴溜溜地转个不停，欣赏着这里的一切，连接着这里的一切。

当他光着脚丫踩在沙滩上的那一刻，我都感受到了他的喜悦之情，是满满的兴奋与开心，眼里闪烁着光芒。当他听着海浪一刻不停地拍打着岸边的礁石，发出阵阵欢快的轰鸣，他的小耳朵也在这浪花声中起舞时，我就意识到，人们常说，婴儿太小的时候不能见风，不能吹风，不能出去，总之有很多的不能，是一些并不真实的信念系统。人类也是大自然的一部分，我们天生与自然有着最亲密的连接。

斐济的时光似乎流淌得很慢，人们的节奏无比从容，个个能歌善舞，工作人员也会不自觉地开启连哼带唱的模式，餐厅里或者休闲区域随处可见他们载歌载舞的身影。到了这样一个幸福而欢快的国度，没有人不被它的热情所感染、所带动，会主动地想加入来个即兴狂欢。走在路上，不管是游客还是当地人，会自然地相互祝福，打招呼。虽然当地人大部分个头比较高大，肤色偏黑，但人们脸上却挂满了笑容，眼睛里闪烁着光芒。都说斐济人民的幸福指数很高，从他们舒展的脸庞里完全能够捕捉得到。即使是个子高大魁梧的男人们，见到千寻宝宝那么可爱，都忍不住地想去亲亲他、抱抱他、逗逗他。

在一个浅滩岸边，一群当地的孩子在戏水，银铃般的欢笑声此起彼伏地激荡在那片天空，见我们走过来，便兴高采烈地用中文反复说着"你好"。说完就害羞地一头扎进水里，这里扎进去，那里再钻出来，之后还不忘跟你来个眼神对视。

在这里，我们居住了十几天，千寻宝宝每天都表现得很开心、很兴奋，工作人员和我的同学慢慢也都熟悉他了，特别喜欢与他互动，不时想要逗逗他、抱抱他，他也非常乐意与人们互动，融入人们的热情怀抱。你会看到，宝贝天生是不带任何评判的，不管是偏胖的体型还是偏黑的肤色，不管是男人还是女人，都丝毫不影响宝贝对人们的喜欢与热情。

有一天晚上，正好赶上酒店的儿童看护管家带着一群小朋友在跳舞，我便抱着千寻宝宝加入其中。那里有一群小朋友在狂欢，金发、黑发、卷发，蓝眼睛、棕色眼睛、黑眼睛，其乐融融，嗨成一片。那一刻，我索性让自己化身成了小朋友，带着千寻宝宝与他们共舞。好多小朋友看到这么小的小宝贝，也都围过来，逗逗他，把玩具分享给他。

尽管语言是不同的，但表达的都是一个字——爱。我深受触动，玩得特别开心，也大方地回应他们满满的纯真与爱。至今回想，仍然能感受到被满满的爱包围。

也是在这种情况下，我发现千寻宝宝有一个显著的特征，就是不怕生。直到长到一岁大时，他也仍然热爱亲近大自然，喜欢与人们互动，见到别人总是特别爱笑，会保持眼神的互动与交流，有人抱他，他也很乐意接受别人的拥抱，没有怕生的距离感和恐惧感。

千寻宝宝的环球旅行第一站——斐济，就是这样在圆满、开心、喜悦、兴奋、奇迹中完成的，无比惊喜、无比享受、无比值得。

七十天

环球路上第二站

——曼谷

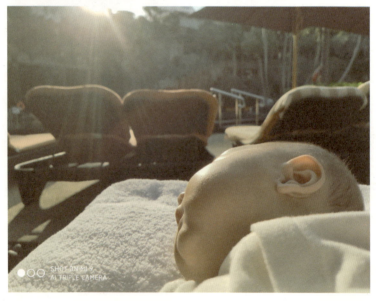

嘘！你是无限的

七十天
环球路上第二站
——曼谷

　　有了斐济出行经历的愉快与圆满，在千寻宝宝七十天的时候，全家来到了泰国曼谷。当时住在香格里拉酒店，酒店有两个很大的室外游泳池和活动休闲区域。这次，我和先生在这里参加一个为期六天的课程。

　　有有姐姐一进酒店，就把自己安排得妥妥当当，要么在酒店房间里自己玩耍，要么在我们培训会场外的休息区和工作人员玩，要么自己画画做手工，要么和别的小朋友一起玩，总之她会把自己照顾得很好。

　　至于千寻宝宝，我只能带着他一起参加培训。这个时期的他睡眠总是很多，所以课程期间，我就坐在后排抱着他，绝大多数的时间他都躺在我的臂弯里睡觉。中场休息的时候，就把他带回房间喂奶，活动活动身体，结束这一切大概需要四十分钟，然后再把他哄睡，刚好下一节课又开始了。由于课程节奏比较宽松，中午休息时间较多，下午结束也早，所以，我和先生非常顺利地完成了六天的学习。

　　有时，千寻宝宝兴致高，我也会带他在课间和同学们互动。每当同学热情地想要抱抱他、逗逗他时，他都会特别开心地回应。课间休息还会有舞动的环节，我也会抱着他一起舞动。总之，别看他很小，实际上，他完完全全能感知到欢乐喜悦的氛围，所以，他总是很乐意地融入这种欢乐的气氛当中，手舞足蹈，开心至极。

　　酒店环境很漂亮，每天早晚我都会带着千寻宝宝散步。早上的时候躺在泳池边感受大自然，晒晒太阳，晒着晒着他玩累了就会小睡一觉。傍晚，我带着他到处转悠。酒店坐落在一条长长的江边，夜晚的江上会有各种闪烁着霓虹的船只，有些是可移动的江上酒吧，放着动感的舞曲，人们在船上狂欢，热闹非凡。千寻宝宝就忽闪着他的大眼睛这边看看那边瞅瞅，既兴奋又好奇，喜悦之情不言而喻。

　　在这里生活了十天，课程结束后全家一起深度游览了曼谷，带着千寻宝宝体验了这里的夜市、游乐场、街上的三轮摩托车，还有著名的景点——大皇宫。

　　其间发生过一个小插曲，与亲爱的读者朋友们分享。记得那天到达游乐场后，陪着有有姐姐游玩了一些游乐项目，差不多中午时分，千寻宝宝有些饿了，开始情绪不安，正当我要给他冲奶时才发现忘记给他装奶瓶了，瞬间我意识到了自己的疏忽，遂与先生沟通说明。我俩出奇地冷静，没有为此产生任何的指责或抱怨的情绪。自学习课程以来，接纳允许事实是在生活中的每一刻都要自我觉察并践行的。此时的事实就是，我确实忘记带奶瓶了。但凡我俩因此指责抱怨，都毫无意义，只会浪费并消耗各自的精力和好感觉。因此，任何时候，接纳事实是很重要的。

　　我先是和有有姐姐说明了真实的情况，希望她再玩一会儿就要准备回酒店，有有姐姐也非常配合，只去参加了她特别想玩的项目。我则心平气和地抱着千寻宝宝在树荫下散步，温柔地陪着他，不一会儿他就睡着了，那一刻，我真的备感欣慰。任何时候都没有想象的混乱或糟糕，前提是自己首先不要陷入混乱和负能量里，一切都会被照顾得很好。有有姐姐不一会儿就结束了游玩，我们坐车前往酒店，大约五十分钟的车程，千寻宝宝就在车上安稳地睡着，直到快要到达酒店时才醒来。醒来第一件事情便是饿了想喝奶，我继续安慰他陪着他，先生也安抚他，转移他的注意力，就这样顺利到达酒店，第一时间喂饱他的小肚子。

　　这是第一次发生忘记带奶瓶的事情，这里也穿插第二次类似的经历，以后没再发生过。因为我们生活中更多发生的都是日常的琐事，而往往，人们的热情会消逝在日常的琐事当中，彼此互相指责、抱怨、对抗，甚至争吵，也许我多一些分享就会感染、帮助到更多的人。

　　第二次是发生在俄罗斯的旅行期间，当天要出发到另外的地方，我在酒店餐厅清洗完奶瓶装好热水，就随手把它放到餐桌上，之后便一直陪千寻宝宝玩耍，上车的时候就忘记奶瓶这件事了。直到下一次给千寻宝宝喂奶时才发现奶瓶忘在上一家酒店了。虽然先生的第一反应是有点无奈，但是他及时觉察，没有因此而产生情绪或对抗，或者说也许在产生情绪或对抗的那一刻他马上觉察到了情绪和对抗是没有意义的。总之，我与先生非常默契、非常平和地接纳了奶瓶丢了的事实。当务之急就是去买一只新的奶瓶来用。先生超级给力，当我刚意识到要买奶瓶的时候，他几乎已经走出了酒店的房门。再一次，当你决定要去往哪里的时候，一切都会被安排得妥妥当当。不一会儿，他买好了奶瓶，居然还是跟之前一模一样的款型。

由于没有情绪的对抗和指责，所以，这两个意外插曲的发生，我的内在都是非常和平且安宁的。而孩子没有太多的语言，尤其是婴儿宝宝，他完全不会表达，可恰恰相反，他的感知能力极其敏锐，他能清晰地感知、捕捉到妈妈此刻的情绪是和平的、稳定的，还是焦虑的、焦躁不安的。"和平"是一种接纳，是一种允许，是一种抱持，是一种安全感；而焦虑、担忧、焦躁不安，是一种恐惧，是一种对抗，是一种愤怒，是一种不接纳，是一种不安全感。所以，婴儿宝宝百分之百能感知得到。也因此，在这两个意外发生时，我只是和他在一起，抱着他，安抚他，他就能很快地平静下来，这是一个很好的缓解方法。如果此刻我的状态是焦躁不安的、对抗的、愤怒的、抱怨的，我向你保证，此时的婴儿宝宝也会是同样的表现，他会哭闹不止，难以平静。这是因为他完全感知到了妈妈的感受，他感到不知所措，他很害怕，他感到很不安全。所以，父母自身的情绪状态是很重要的，如果爸爸妈妈用心地感知，便能感知到我所说的这种感觉，这种细微的状态，它非常清晰。这也是在帮助我们进行自我觉察，只有我们自己觉察到，才能回到内在，调整自己，让自己回归和平与安宁，外在的一切自然就跟着变了。

这里面使用的是被我称为"奇迹四部曲"的，也是我在生活中一贯进行自我觉察所使用的工具，那就是——"接纳—允许—放下—转身"。具体做法就是，事情发生了，首先让自己接纳事实，允许事实；当你能做到接纳和允许事实的发生时，你也就放下了事情发生时产生的对抗情绪；只有当你有意愿放下对抗情绪，你才能做到转身。转身朝向哪里？转身不是朝向混乱、情绪、对抗、指责、抱怨、谁对谁错里，是转身朝向"此时此刻你要什么"的方向，此时此刻，我要买只新的奶瓶，或者此时此刻我们要去哪里等。

就是这么简单，总是很管用。慢慢地，你会发现，生活越来越轻松，越来越喜悦，烦恼和无意义的消耗会越来越远离你。

三个月

环球路上第三站

——跨年 2020 · 在大理

三个月

环球路上第三站

——跨年 2020·在大理

2019 年 12 月 29 日，全家前往云南大理，选择在那里庆祝元旦新年。这时千寻宝宝已经三个月了。

那时的郑州时值干冷的冬季，选择在这个时期前往四季如春的大理，是个很不错的选择，我们住在一幢别墅民宿里，背靠苍山面朝洱海。

房子是作家李雪的"雪居"，她酷爱加菲猫，家里养了十几只加菲猫，个个长得肥嘟嘟的，特别可爱，猫咪们在这里拥有完全的爱和自由，饱享好山好水，鸟语花香。院子里还有一只叫酋长的成年鹦鹉，那天，一到达雪居，酋长就跳起舞来——挥舞着洁白的翅膀转圈圈，漂亮极了。

我们住的房间很大，有单独的露台，房间配备有白茶和茶具，厨房的阿姨会做可口的一日三餐，楼下有休息区、观景区、会客区和茶水间。在这里生活很纯粹，感受到时间一分一秒地流过，喝茶、听音乐、逗逗猫咪、陪陪孩子、晒太阳、泡澡、爬山、徒步，舒适而惬意。

这里房间不多，选择住在这里的游客基本都是李雪老师的读者，很多人也会带着小朋友一起来，所以有有姐姐每天过得超级开心，她可以和猫咪玩，可以和大小朋友们玩，几乎不用看管她，她每天都会把自己安排得妥妥当当。千寻宝宝也非常喜欢这里舒适的天气，他喜欢看着到处游走的猫咪们，时不时还想抓一抓、玩一玩，困了就晒着暖暖的太阳睡觉。敞开着门，便可迎接大自然的鸟语花香，他睡得香甜宁静，睡着睡着还会咧嘴憨笑，好玩极了。看得出来，他是那么热爱大自然，喜欢融入大自然的感觉。

一场大雨过后，空气更显洁净清新，我独自一人置身楼顶露台，头顶大片的乌云迅速飘散，霞光从云端空隙处迸射出来，眺望远处静卧在山脚下的洱海，以及云雾中矗立着的苍山，有那么一刻，我仿佛置身于画中，被云卷云舒笼罩。摸一摸花草们还挂在身上的雨珠，这不是画境，一切都是真实的，并都彰显着生命那不可思议的创造力。

我知道，千寻宝宝这个新生命的到来给我带来了很多不一样的精彩体验，这一切都源于我准备好了，一个又一个的门就这样自然而然地开了。我看到自己跳脱了那个旧有信念模式的固封，曾经我被束缚在一个"等我有了……以后，我再去做……"的旧有模式里，总是觉得等有时间了再怎样怎样，等有更多钱了再怎样怎样，等有有姐姐放假了再怎样怎样，我的生命就在一个又一个的错失里流逝，并且循环往复。当有一天，我体验够了旧有的惯性模式，转身朝向一个新的模式时，才发现一切的一切那么精彩，那么不可思议。这个新的模式是，当我去除一切的束缚和限制，跟随内心的感觉和指引，现在什么让我感觉好，我就会去行动，我不再等待和彷徨，我认为这是我这个个体对有生之年我的生命最大的热情和投入。就这样，我内在的生命模式全面改写，也因此，外在的生命呈现自然而然地就全变了。正所谓境随心转，境由心生，看到自己由内而外地绽放出生命的喜悦，这才是我真正想要的生活，才是真正的那个我。

　　我最最亲爱的读者朋友们，此刻，我特别想对你们说，你们与我并没有不同，我能做到的，你们都能做到，甚至做得更多更好，那是一定的。事实与真相也是，除了你自己，再没有任何人能限制住、束缚住你。

三个月

环球路上第四站

——南宁观德天瀑布

三个月

环球路上第四站

——南宁观德天瀑布

结束云南大理的欢庆跨年之行，全家来到了美丽的广西南宁。

在这里，我和先生参加了另一场课程，其间就带着三个月的千寻宝宝一起上课，他躺在我的臂弯里呼呼大睡，丝毫不影响我上课的节奏。他睡得很完整也很享受，下课，他吃点东西，玩一玩，就又睡了。他刚睡着，也到了我要继续上课的时间，完全不耽误。

大家都说千寻宝宝太好带了，太省心了，完全与妈妈同频。再一次记起著名的客体关系理论大师温尼科特在《婴儿和母亲》的著作中说，婴儿在三四个月大的时候，他的反应映射出抚养者的状态。我看过他的大量著作，将婴儿与母亲的互动和相处之道写得特别详尽和生动，因此我在个人成长上投入了大量的时间和精力，去提升自己的思维意识。

千寻宝宝到来之际，我的内在早已被爱填满，因此，有足够的爱去爱、去给予、去欣赏、去接纳、去允许一个刚刚来到这个世界的全新生命。在那么多个日日夜夜的相处中，我深深地感受到了大师温尼科特所说的核心，是的，当妈妈是一个和平的、有爱的、享受生命的状态时，毫无疑问宝贝也会是这样的状态，非常和平有爱，表现为爱笑、有活力、有激情、很好带、很享受。

在南宁，有一天的课程设置是集体观德天瀑布。该瀑布位于中国广西与越南边境处，是亚洲第一、世界第四大跨国瀑布，瀑布气势磅礴，蔚为壮观。

临近瀑布，就感受到阵阵清凉，我喜欢被大自然这样拥抱着的感觉，非常舒服，很远就感受到了它的壮观和震撼，想到我在机场看到很多德天瀑布的宣传画面，此时第一感觉就是被深深地打动和吸引，而此刻，我就与它同在，离它越来越近，莫名地感到兴奋与感动。

千寻宝宝在婴儿车里已经开始昏昏欲睡，刚好也给我提供了近距离欣赏瀑布的时间。我就坐在它面前的一处台阶上，静静地看着它，听着它动感咆哮的欢唱，感受它的阵阵凉爽，人也变得格外清透，沉醉于其中好久好久。饱览着大自然无私的馈赠，坐着坐着，看着看着，我仿佛听到了瀑布在与我对话，话的内容是这样的，瀑布说："谢谢你来看我，谢谢你喜欢我、赞美我、欣赏我，除了人们对我做的这些让我开心以外，最主要的，我会自娱自乐。你看我喷涌而下，川流不息，咆哮如雷，就是我在自娱自乐。我喜欢我自己，我爱我自己，每时每刻我都让自己生机勃勃，好玩有趣，并展示给世界给人们，我很美，我很有激情，我很有活力，我好爱我自己，我好热爱我活着的每一天、每一刻。"

我确定这不是一场梦幻的对话，仿佛是灵魂透过它呈现这番话，或者说是生命的本质透过它来传递这番话。我被这番话深切地感动着，心是炙热喜悦的，它在向我展示生命的真相是什么，它是献给我生命的礼物。

我收到了，谢谢你，大瀑布。谢谢你，我爱你。

温尼科特，客体关系理论大师，母婴关系研究方面的鼻祖。他研究过成千上万例婴儿与母亲的互动过程，著有《婴儿和母亲》《儿童、家庭和外部世界》《游戏和现实》《家庭和个体发展》等著作。

四个月

环球路上第五站

——人间天堂贝加尔湖

四个月
环球路上第五站
—— 人间天堂贝加尔湖

　　贝加尔湖的美世人皆知，它有西伯利亚明珠之称，联合国教科文组织将贝加尔湖列为世界自然遗产。贝加尔湖位于东西伯利亚南部，俄罗斯伊尔库茨克境内，是世界第一深湖，亚欧大陆最大的淡水湖，在冬季，贝加尔湖周边平均气温可达零下三十五摄氏度，每年一月份至五月份是贝加尔湖的冰封期，湖面冰层最厚超过一米。

　　这长达五个月的完全冰封期，是贝加尔湖景色最为殊胜的时期。湖面像一块巨大的宝石，镶嵌在天地浑然与世隔绝的空寂中，令人唏嘘赞叹。

　　2020 年正月初七，全家踏上了前往俄罗斯的行程。当时处于疫情初期，出行正常，需要做好防护并配合好途中的各个检查环节，就这样我们登上了俄航班机。这是一趟夜间的飞行，大家都在休息，千寻宝宝也一直在睡觉，很安静很和平地就抵达了俄罗斯境内。

　　在莫斯科机场短暂停留后，转机去了伊尔库茨克，那个城市的气温大约零下二十五摄氏度，但还好，没有想象中冷。室内、车内的保暖设施都非常好，只需要穿毛衣就可以了；室外会显得有点冷，但穿着棉袄也完全能适应。一出机场，就感觉到无比清新的空气扑面而来，清晨的阳光洒在厚厚的雪地上，闪耀着七彩的光芒，心情都格外舒展，无限自由畅快的感觉，像鸟儿翱翔天际一般。同行的人们载歌载舞，车辆欢快地消失在宽广而空旷的被茫茫白雪覆盖的一个又一个村庄里。

村庄的房屋都很矮，很多木质结构的建筑，一幢幢地矗立，宛如童话中的场景。车程六个小时，直达奥利洪岛胡日尔村，贝加尔湖就在那里。这个时候，千寻宝宝四个月大，他喜欢坐在车里的感觉，大人抱着，车辆颠簸他就在车上睡觉，睡醒了喝点奶，和大家玩一会儿，玩累了，会继续睡。所以，整个过程是充满喜悦的，没有所谓的额外麻烦负担或者不方便。生命的精彩就是在一个又一个的过程里，用心去感受那些过程，并收获过程的美妙。

胡日尔村坐落在大山脚下，被整个贝加尔湖包围着，村子宁静祥和，随着傍晚时分从房顶升起的袅袅炊烟，在冰天雪地的包围下，迎着夕阳染红天际，美如仙境。小伙伴们很是兴奋，迫不及待地用杯子接满开水，再跑到室外将水洒向天空，天空立即演绎泼水成冰的绝美景象，大家玩得不亦乐乎。室内暖气供应特别充足，只穿单薄的睡衣就完全可以。洗过的衣服，很快就干了，女主人早上会为我们准备精美可口的早餐，温馨至极。

吃过饭，便出发前往贝加尔湖，沿途的景象不停地直击心灵，这里非常空旷，人烟稀少，千里冰封，车子载着我们翻越一座又一座的高山，远处眺望，几乎很少有车辆会擦肩而过，就好像只有我们一辆车悠闲地徜徉在山谷之中，意境优美。

贝加尔湖的冰层特别厚，整个湖面体积庞大，完全都在冰封之中，车子可以随意地在冰面上行驶。到达核心景区就震惊了，各种冰柱、冰花、冰层与岩石、岩洞交映相拥，各有各的独特，各有各的风韵，放眼望去白茫茫的一片。天空淡蓝色，笼罩着雾一般的云层。我仿佛踏进了空寂中，天地浑然，不知身在何处，仿佛在梦境中，仿佛不在地球上。站在蔚蓝的冰湖面上，享受着阳光的照耀，冰面被折射得亮晶晶的，闪闪地发着白色的金色的光芒，令我完全消融在这梦幻般的景色中，像置身于一个外星球一般。所以，才有人说，一生中一定要去一次贝加尔湖，为了冰雪交融的碧波蓝湖，为了湖面上纵横交错的冰痕，为了无数渴望冒出冰面的泡泡被瞬间凝固结成的气泡冰。

这里游客不多，很容易可以找到大片大片空旷的寂静空间，自在地感受那里的一切，完完全全被大自然的壮丽折服，唯有臣服，只有感恩。情到深处，会被这绝美的景象感动到喜极而泣，这是一种由心而发的赞美与欣赏，敬畏与喜悦，忍不住地想要舞动，想要呼喊，想要蹦想要跳，想要用身体去表达去触碰，所到之处都写满了兴奋与开心。

你看，我都忘记介绍置身在绝美景象中的千寻宝宝了。与大家分享重点，很多朋友关心的是，宝贝这么小，那么冷的地方他能受得了吗？这是一个很好的问题。那里确实很冷，没有数据记载，但千寻宝宝绝对是 2020 年寒冬到达贝加尔湖的年龄较小的游客。车外的温度零下三十多摄氏度，宝贝穿得很厚，很多人都脱了棉袄，穿着单薄衣裙在拍照，甚至我们同行的两位小姐姐还穿了比基尼拍照，有有姐姐棉袄里穿的是洛丽塔公主裙，一条单薄的连裤袜，她拍照的时候也脱去了棉袄，我自己也脱去毛衣加裙子。大家表现得疯狂，实在太开心太兴奋，简直叫人忘记了寒冷。所以，这样的场景告诉我，千寻宝宝穿着厚厚的棉袄，戴着帽子的他是可以的，大自然的万千面相，大自然的寒冷让他感受一下也没有什么不可以。是的，就是这样，他也好兴奋，他做到了，而且做得非常好。

在这里我想跟宝爸宝妈们分享一个重要的点，就是我本能地相信每个生命，哪怕是小宝贝，他都具有天生的自我调节和适应能力，这是他们与生俱来的内在天赋。我们的生命是由细胞组成的，记得孕期时，我看了一系列关于讲述生命的伟大以及整个生命孕育过程的纪录片，就曾被生命所拥有的强大适应性、强大的生存本能、各种器官的完美运作所惊叹所折服。那是完全超越人类头脑所能想象和理解的范畴。

也因此，我没有过多地给千寻宝宝投射各种恐惧和担忧，换句话说，在妈妈的这个角色和层面里，我没有预先赋予宝贝弱不禁风的定义，我所有的传递和感觉就是，他是一个鲜活的生命，他是由一个细胞发育裂变到无穷多个细胞而成的，细胞们每分每秒都在施展着不可思议的奇迹与伟大，所以，没有什么可恐惧和担心的，我始终认为他是可以的，他会自我调节自我适应。而事实就是，他可以，他做到了。

在此，也非常感谢千寻宝宝带给我的巨大贡献和惊喜，让我看到生命的不可思议与无限。是的，无限。我们每个人都拥有的那个"无限"就存活在我们的内在，每个人都可以活出那份强大的、不可思议的"无限"，绽放自己独特的光芒。

冰潜

千寻妈妈不可多得的完美体验

——利镇冰潜

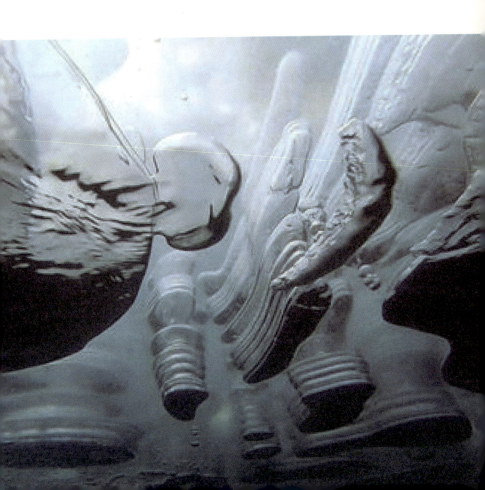

四个月

冰潜 千寻妈妈不可多得的完美体验
——利镇冰潜

不知道是真是假，有一种说法，世界上百分之九十九点九九的人没做过一件事——冰潜。

在贝加尔湖只有一个地方能够冰潜，就是利斯特维扬卡镇，也称利镇。镇上只有一家潜水俱乐部，但确实是全世界仅有的五个可以冰潜的地方之一。我有幸到达这里，对于我，体验冰潜就显得弥足珍贵。

在此之前，我是水肺潜水初学者、爱好者，而这一次是在接近零下三十摄氏度的环境进行冰下潜水，不同于以往任何一次热带潜水经历，钻进蓝色星球的冰窟窿里看一看，这会是什么样的感觉？唯有亲身体验，怀着无比开心、无比兴奋、无比期待的心情参与到整个过程当中才能知道。

这是一次非常奇妙的感官体验，冰面下的世界，宛如星辰大海。首先，要想顺利地体验冰潜项目，放下或者去除头脑中先入为主的各种对冷的恐惧、评判、对抗和想象是很重要的。如果我们告诉自己，冷就是一种正常的大自然现象，我们本身不要去抗拒它、对抗它，而是接纳它、允许它、体验它，带着接纳和允许的心情去感觉那个冷，奇迹的是，你就不会觉得有那么冷了。就是去感受冷风吹拂的感觉，感受空气无比清新，感受潜水服紧紧地包裹身体的感觉，带上全部的感观和感觉与潜水导游一起潜到冰下。

我完全放下了思想中的"我想、我认为的对冷的各种对抗和评判"，只带着好玩有乐趣的兴奋体验了极寒环境下的冰下潜水，简称冰潜，全程三十分钟，在后程会在冰面下倒立。一切非常非常顺利地发生了，我知道我迈出的每一步都是安全的，那整片水域都与我同在，因此，非常心安，非常期待，非常喜悦。我知道我所有的感受谱写了那一刻我的生命状态，我对此刻的状态很满意、很满足。

放下了思想中的"我想、我认为"，潜入冰窟窿下，没有恐惧，没有怕冷，没有评判，不赋予所谓的分析和意义，只有体验，只是体验，只有当下，只是当下。内心就开始深深地感恩那片湖让我体验，感恩潜导带着我陪着我，感恩为数不多的小虾陪我游动，感恩阳光透过冰面万丈光芒地照耀着我，感恩呼吸棒吐出好多泡泡……一切的一切在此刻都组成了我的生命，我不能不深爱这一切，实际上我爱的根本就是此刻我的生命。我感受到了，好玩、有趣、奇妙、新鲜、刺激、感恩、满足，我在这一切的一切上看到了光，刻进我生命的光。

冰层太厚，湖下能见度很低，但我很清楚那个主宰宇宙万物的生命能量场无处不在，水是鲜活的，冰是鲜活的，我是鲜活的，无比鲜活。深不见底触摸不到边际的湖下世界是另一番景象，与生活中是完全不一样的，在这里，没有上下左右的空间方位感，没有时间感，一切都在与水共舞，与水流动，或者说一切都只是存在着，都在水中，与水是一体的，是一个整体。我要做的只是放松自己的身体，放空自己的思想，顺着水的感觉存在着就非常完美了。

我完全被这强大的美妙感惊喜到了，惊艳到了。我清晰地看到，此生我们活在地球上，拥有现在这个身体，拥有各种各样精彩的体验，工作生活、吃喝玩乐、柴米油盐的日子是多么珍贵，多么值得，多么好玩，多么有趣，多么美好。

我笑了，生活中我还有二元对立吗？没有了。还有对人、事、物的评判吗？没有了。生命是什么呀？体验。怎么体验呀？做自己，开心，喜悦，平和，就够了。每个人都可以做到，力量就在每个人的内在。

对于冰潜，我也是体验过后才知道，首先，冰潜穿的潜水服专业名词叫"干衣"，它是用特殊材质制作的，干衣里面可以穿自己的保暖衣或贴身的毛衣，干衣的包裹性非常好，并且干衣在水里是防水的，里面贴身的保暖衣是不会被水打湿的，这真的很有趣。

其次，冰潜更多的是带给人们一种非凡的难忘体验，水下并不像热带的海域有很多珊瑚、海草、绚丽多姿的各种热带鱼可以观赏，冰潜的水域，水下没有什么美景可以欣赏，就是感知茫茫的一望无际的鲜活和流动。最后，也是最重要的，潜导会带着你躺在水下，倒立着，仰望天空，你会看到阳光穿透厚厚的冰层，折射在整个水面上，闪烁着万丈光芒，蔚为壮观；还会看到厚厚的冰层形成的各种各样的大大小小的冰圈，冰圈一层套着一层，立体生动，冰圈里还有小水花在流动，形成一串串气泡，来来回回，奇特而活泼。那个时候的你是活在当下的，完全融入那片水域，那闪烁的阳光里，时间仿佛静止了。你在拥有着这一切，这一切也在拥有着你；你在享受着这一切，这一切也在享受着你。

四个月

环球路上第六站
——北极追光者

四个月

环球路上第六站

——北极追光者

到了北极，才知道全球有痴迷极光的追光者，经常在极光高发地，一住就是几天或更久，就是为了一睹极光的魔幻。

极光是幽灵般的存在，神秘梦幻，美妙动人，变幻莫测，令人心动神往。极光因其极致梦幻的仙境和可遇不可求，故而看上一场极光盛宴是许多人心中的梦想。

我们是在行程中临时增加了北极之行，在未知中去探寻来到我们身边的一切。没想到所有的发生是那么惊喜，处处充满着不可思议的奇迹。从贝加尔湖到北极极光胜地，车程大约六个小时。由于是极寒的偏远地区，一路的旷野里，很少有车更不会见到行人，我完全被窗外的景象惊呆了，不能用宛如仙境来形容，因为本身就是仙境。

所见之处都是白茫茫的一片，与天空连接在一起，几乎分不清哪里是天哪里是地，天地浑然一体，灵魂陶冶在这纯净之中，心都变得无比干净无比纯洁，感觉非常美妙，令人陶醉。

我们的目的地是捷里别尔卡，到达后住在北冰洋海边的家庭旅馆里，守着北冰洋。这是一个非常宁静和谐的小村落，人口很少，到达住处已接近傍晚，迎着晚霞染红的天边，穿越在仙境中。顺利地安顿好了一切，便迫不及待地去北冰洋海边转一转，走几分钟就到达了海边。当我踏上北冰洋的海滩，都难以形容内心的心情，激动与狂喜，一种喜极而泣的情绪涌上心间。没有想象过没有计划过会到达地球的最北边，而此刻我就站在它的面前，海浪一刻不停地拥吻着岸滩，我拥抱着那里的一切，沉醉其中，忘记了寒冷，没有了寒冷，心是暖的，是喜悦的，是满足的，是被滋养的。

　　沿着深褐色的沙滩走下去，感受着风的吹拂，感受着海的活力与生生不息，我的内心似乎都被清空了，只有存在，大大的存在；只有满足，深深的满足。千寻宝宝睡着了，先生和我把他放在沙滩边的长椅上睡觉，盖着围巾，他睡得很香甜，相信他在用他的方式拥抱这一方热情洋溢的水土，一切那么美好。这里是世界的尽头，我和先生牵着手，漫无目的地走在海边，没有语言，只有存在，只是存在。

　　回来后，房主告诉我们，预测晚上十二点是极光高发点，大家小睡了一会儿，十一点多就早早地出门，生怕错过了向往的极光，哪还怕冷啊，兴奋与好奇引领着一切，没有寒冷的感觉。半夜的天空特别美丽，很多星星闪耀在天空，空旷的北极圈被山川和大海填满，人烟稀少，这与城市灯火阑珊的感觉非常不同，很容易你就能听到自己的呼吸自己的心跳。脚踩在雪地上的感觉，发出的声响，使你感到自己并不孤单，从来没有孤单过，是那么鲜活那么清晰。

　　第一晚就这样结束了，没有追到光，我也没有感到有丝毫的遗憾，这仍然是个非常完美、美妙的体验，我很满足。

　　第二天，继续追光。换到另外一个极光高发地——洛沃泽罗森林。几个小时的车程，到达洛沃泽罗森林已是傍晚时分，在去往森林住处的路口下了车。非常惊喜的是，酒店安排来接我们的是两架雪橇，这感觉像极了童话里的世界。驾驶雪橇的工作人员戴着厚厚的毡帽子，大胡子，和蔼可亲，让人联想到圣诞老人，特别像圣诞老人贴心地给千寻宝宝送来皮毛毯子。就这样雪橇拉着我们热情高涨地穿梭在美丽的森林里。

　　到达酒店，大家都欢呼尖叫，这里实际上是非常非常棒的民宿客栈，是独幢别墅，数量非常稀少，房东一家子把这里打理得井井有条，温馨有加。一踏进房门，餐桌上已经准备好了丰盛美味的晚餐。这是一幢上下两层的独栋别墅，整个房间四面都是大大的落地玻璃。房子坐落在森林中央，整个房屋的建筑结构全部是用一根根粗壮的松木原木搭建而成的，房间很温暖很干净很漂亮，在房间的任何一个地方都可以随时观赏到室外森林的原貌。我从未有过这种独特的体验，唯有极致地享受它的美它的存在。

　　记忆犹新的是，半夜我睡醒了，看到月光洒满客厅，美丽极了，不忍睡去，就静静地坐在客厅的地毯上望着月亮穿行在云间，看着静悄悄的森林与厚厚的积雪做伴。就只是静静地坐着就十分美好。内心升起阵阵感恩，看到一切的呈现，感恩生活的便利，此刻我身在遥远的北极，却被照顾得那么好，整个人被爱包围着。感恩月亮穿行在云端陪伴着我，只剩下无尽的感恩，带着这份感恩的心，我静静地感受无处不在的爱的流淌。第二晚就在这极其美妙的体验中度过了，没有追到光，但我没有丝毫的遗憾，相反，却无比感恩这种精彩美妙的体验，深深地满足。

洛沃泽罗森林有著名的哈士奇公园，来到这里的游客都会选择体验明星项目——哈士奇雪橇，八只哈士奇驾驶着雪橇带你深度穿行洛沃泽罗森林，全程二十公里，我抱着千寻宝宝完美地体验了这个项目。路途的颠簸使千寻宝宝很快睡着了，尽管他会错失一些美景，但我相信，他的内在是全程完整参与了的，所以，一切都是如此完美。行至森林中央，四周被高大挺拔的雪松包围，蓝白相间的天空异常美丽。除了我们，这里空无一人，此刻就是天堂，令人沉醉其中。

追光之旅第三天，是非常独特的选择，我们选择跟随专业的极光爱好者在车上流动式地追光。车子在晚上十点接上我们，行驶一个半小时到达偏远的郊区，停在那里等光来。每一种体验都如此与众不同，精彩绝伦。郊外的温度很低，空气特别清新，那里的夜空非常美丽，繁星闪闪，肉眼便可看见银河悬挂空中，震撼人心。大部分时间，我们是留在温暖的车里，睡觉或者望着漆黑的窗外等待着极光的出现。极光一旦出现，摄影师就会叫醒大家下车观赏。这一夜，不负所望，极光来了，全车人都好开心、好兴奋，翠绿的极光，一整片，像幽灵般美妙地舞动着、流淌着、变幻着，鲜活灵动地摇摆，如烟如幻，如梦如丝。它的呈现没有一刻是重复的，每一刻都是全新的在变幻着的，此情此景梦幻至极。我已顾不上车外的寒冷了，欣喜狂奔，实在止不住内心的炙热与狂喜，置身于仙境中饱赏着她的色彩斑斓、变幻莫测，她灵动而神秘地舞动着醉人的身姿，令日月失色、星辰暗淡，那份悦动、那份奇幻、那份神圣、那份宏大，在不停地整合、打散，再整合、再打散，好像没有足够的词语或镜头能表达她的奇幻景象。

我躺在雪地上，仰望星空，感恩这被天使亲吻过的仙境，赞叹大自然的高深莫测，而此刻我就徜徉在仙境的怀抱中。一切的一切不仅仅是视觉上的盛宴，更是对心灵深层的洗礼。我看到了那个强大的真理：大自然的神圣是不容冒犯的，人类应该爱护并顺应自然的规律，理解尊重平衡的意义。赞叹、感恩浩瀚的宇宙在向我们展示，宇宙的每一刻、每一个当下都是与众不同的，独一无二的，精彩绝伦的，无比崭新的。宇宙那里没有过去，只有当下，全新的、新鲜的、未被触碰的当下。而我们每一个人的生活、我们每一个人的生命和此刻宇宙的诠释是完全一样的，那就是，每一天、每一个当下都是崭新的，都是精彩的，都是独一无二的。就这样静静地躺着，静静地听着风声，看着时空在眼前变幻，再闭上眼睛用心去感受，完全沉醉其中，所有的感动都变得无声，极致地满足，深深地平和。

结尾处，大家会关心：千寻宝宝有看到极光吗？

答案是没有，此时凌晨一点钟，他和有有姐姐都酣睡在温暖的车里，也许他们在梦中正在用不同的视角领略宇宙的精彩与奥秘，还有那不可思议的浩瀚与深邃。嗯，那是一定的。

四个半月

环球路上第七站

—— 土耳其

四个半月

环球路上第七站

——土耳其

2020 年 2 月 19 日，结束了俄罗斯的完美旅程，此时受疫情影响游客大幅减少，我们临时安排了莫斯科飞往土耳其伊斯坦布尔的旅程。

伊斯坦布尔温暖如春，穿毛衣就可以了。飞机降落已是中午时分。到了新的地方，一切都是新的开始、新的体验，喜悦之情涌上心尖，我相信这会是另外一次不可思议的完美体验。

在广场公园，我迫不及待地加入了卖冰淇淋的小伙子与游客的特色互动中。卖冰淇淋看似简单的一件事情，他们却把它做得像表演那么有趣。当我伸手去接冰淇淋，每次就在马上要握住的那一刻，一不留神，摊主转个圈，冰淇淋竟然掉到了地上，还没等你缓过神，他又把掉到地上的冰淇淋魔法般地复原了。等我再次去接时，不知怎么的，冰淇淋就蹭到了脸上。看似不起眼的一切都是一场生动的表演秀，你是在不知不觉中配合着商户的互动，乐趣和童真就潜藏在这整个互动里。表演者会根据游客的状态反应来决定整个过程的长短和难易程度。我们互动了好久，全程我都好开心，不知道会发生什么，管他发生什么呢，反正我知道最终的结局是我会得到我想要的冰淇淋。其间播放的音乐也恰到好处，他边逗你玩还边摆弄着舞姿，却一脸的严肃认真，又不停地在逗你，光认真的表情都令人忍俊不禁。我索性与他共舞一段，顺势接过了他手中的冰淇淋。到此，吃冰淇淋已经不那么重要了，那个互动的过程和体验反而更加满足和喜悦。

途中的千寻宝宝总是会得到很多来自陌生面孔的关爱，人们喜欢看看他、逗逗他，亲切地和他打招呼，热情地和他说话。那时，他四个半月大，总是兴致高昂、开心喜悦地笑脸相迎，直到现在，他也没有过怕生的迹象。或许，这和他外出多有很大的关系，他总是很开心、很喜悦、很兴奋、很有爱。

旅程中有很多中途乘车换车的体验，我也比较适应这样的方式，并没有觉得有什么不方便或者麻烦，一切自然而然地发生。

卡帕多奇亚的独特地质风貌是土耳其的经典旅游胜地之一，这里当属热气球的童话王国，热气球、老爷车、骑马、住岩洞都是这里的网红体验。清晨，太阳金色的光辉洒满大地，上百个色彩迥异的热气球阵势浩荡地随着太阳缓缓升起，飘向天空，穿行在各种高低起伏的柱状山丘之间，蔚为壮观。有首歌唱的是，我想要带你去浪漫的土耳其。此情此景，果真浪漫至极，我和千寻宝宝在山顶欣赏着这一切，整个人都被这份浓烈的浪漫和美好包围。

租了颜色鲜艳的老爷车，驾驶技术娴熟的司机带我们穿行在山谷中，山路崎岖，风景瑰丽，各种奇形怪状的柱状山体傲然矗立，无不彰显着它们的独特和与众不同。看向它们的每一眼除了让人感到壮观与传神，更像是解读到了它们传递给世人的一种无形力量，这种力量鼓舞着人们要勇于成为那个独特的、独一无二的自己。车里播放着动感的音乐，配合着路途的颠簸，连千寻宝宝也兴奋得不得了，手舞足蹈咿咿呀呀。他在欢庆生命，用他独特的姿体和语言表达着他的开心与兴奋、满足与喜悦。

住岩洞也独具特色，酒店所有的房间都是开凿在岩石上的，房间里有壁炉，夜晚可以烧柴取暖，点燃后如篝火般温暖，照射着房间，别有一番情调，于我而言意义非凡，感受颇丰。那是我生平第一次体验入住岩洞，感觉既特别又兴奋。仔细地打量着洞里的一切，看着天花板（实际上没有天花板，只有被开凿过的石顶），周围非常寂静，一片漆黑，很容易听到自己的心跳声、呼吸声。躺在被窝里，舒服而温暖。在那一刻，有一个声音对我说："孩子，你知道吗？人们在死亡以后就像是这样，身体会在黑暗的地下休眠很久很久，直到化为灰烬。"有时候是很神奇的，当时我就收到了这样的生命礼物，并没有感到丝毫的恐惧或担忧，反而很兴奋雀跃，我欣喜地回应那个声音说："哇哦，谢谢你告诉我这个巨大的真相，谢谢你让我在活着的时候、拥有身体的时候，知道了死亡的感觉。"

通常情况下，死亡是一个禁忌的话题，但我必须要说这就是我当时最真切的感受。如果活着的时候领悟到了死亡的真谛，那只会让我更加珍惜并热爱生命，更懂生命，更爱身体，更享受身体，更懂得感恩拥有身体的珍贵与精彩，更愿好好地活着，开心有趣地活着，用美好、喜悦、好玩、有趣填满我的生命。

四个半月

环球路上第八站

——邂逅卡什小镇，自驾最美公路 D400

四个半月

环球路上第八站

——邂逅卡什小镇，自驾最美公路 D400

从卡帕多奇亚到卡什小镇，可以乘坐飞机，但没有直达小镇的航班，于是我们决定包车前往卡什小镇，全程九个小时，酒店直接安排了舒适的奔驰，到达小镇已是半夜十二点钟。我们住在非常美丽的海景酒店，从阳台和卧室走出去就是蔚蓝的地中海，完美至极。

这一路虽说车程较久，但是千寻宝宝表现极佳，吃吃睡睡看看玩玩，就到了。其间不禁要给这里的加油站大大地点赞，它们都配备了暖心的母婴室，使千寻宝宝能够有短暂的休息时间，给他洗换脱穿也都非常方便。我也留意到，不管是怎样的行程，对于婴儿宝贝来说，只要让他吃饱、穿暖，尿布勤换，让他保持舒适的感觉，他几乎都会随时切换到新的环境里。这一点真的很神奇，这似乎就是作为一个生命来到地球，所拥有的一项本领，与生俱来的一种本能。他极好的适应性也给我做了很好的榜样，让我清晰地看到，每个人生来就是有无限本能的。这些强大的内在本能随着我们长大会被旧有的信念思想所覆盖，以致我们渐渐忘记了自己内在本就拥有的生命智慧与本能。自学习心理学以来，我忆起了我的内在依然拥有这份强大的生命本能，真相是，每个人的内在都保存着那份初始的生命本能。我们要做的就是放下负面信念思想的束缚，勇敢地使用这些本能，你就会看到生命不可思议的奇迹，而不是让自己活在恐惧和担忧里，压制我们与生俱来的天性和智慧。

在卡什小镇的时间是完全自由的，没有什么具体的安排和计划。途中一位游客介绍说一定要体验一下自驾行驶 D400——全球最美公路之一。于是，第二天先生便在酒店租好车，开启了自驾体验。哇，D400，不愧是最美公路，实为不虚，原谅我没有足够的语言来形容那份美丽。我只知道有一条很长很长的蜿蜒公路，俯瞰的话，公路就像是一条长长的丝带自然地穿行在山与海之间，它环绕着一望无际的地中海。地中海和别的海都不一样，深蓝非常，为什么地球叫蓝色星球，我会异想天开地认为这就是其中的原因之一。路面的车很少，就仿佛我们置身于大自然中，海水与高山相拥，我们就穿行在美丽的地球表面，那是一种触及灵魂的感觉。置身于天堂与仙境中，唯有感恩、感激、欣赏、赞美，别无其他。

D400 公路除了美，我还要隆重介绍它的网红海滩 "kaputa"，网不网红真的不重要，重要的是，它实在太美。它拥有着惊世的容颜，小小的一片海滩幽静地躺在山谷的怀抱里，若不留意，很容易就会错过这片绝美的世外桃源。这一片的海较浅，呈浅蓝色，与中间的深蓝色接壤；岸边是洁白的沙滩，显得尤为纯净而美丽；路面离岸滩的高差几十米，无论是在路边俯瞰，还是走下去近距离地接触，都是极致的视觉盛宴。

第一次见面，全家几乎是奔跑着、尖叫着来到 kaputa 海滩面前的，没有游客，简直成为私家海滩，着实难得，而以往，这里时常人满为患。千寻宝宝兴奋得手舞足蹈，光脚踩在沙滩上，有有姐姐更是欢呼着张开双臂来来回回地在海边飞奔。如此近距离地饱视着 kaputa 海滩的惊世容颜，身心愉悦至极。风有点大，我把千寻宝宝抱到山脚下，静静地欣赏着眼前的一切，听浪涛声此起彼伏，沉醉其中好久好久。第二天、第三天，每天都会来热情地拥抱这片幽静的海滩，俯瞰它、平视它，各种欣赏、各种享受，对于千寻宝宝来说最享受的莫过于在 kaputa 海滩的一块大石头边悠闲自在地喝着奶，畅快地与大海互相做伴。

kaputa 海滩是卡什小镇前往费特希耶的必经之地，从卡什小镇到费特希耶大约两个小时的车程，去那里体验滑翔伞非常方便。费特希耶的滑翔伞极具特色，在这里可以观看整个地中海的全貌，有一种从外太空降落到地球的感觉。你会对赖以生存的家园——地球有一个全新的认知，也会对你的生命、此生来到平地活一场的意义有全新的解读。总之，这是在平地上看不到的场景，高度不一样，视野完全不一样。所以，追随我的心，这是我要体验的。

带我滑翔的教练是位十八岁的小哥哥，他的滑翔技术非常好，所以我很放心。车子开到很高很高的山顶，穿好装备，听他的指令，跟着跑几步就轻松地飞起来了，十分顺利。高空中，稳稳地坐着，就让自己放空，去感受风吹拂的感觉，感受身体此刻没有重力像鸟儿一样翱翔的感觉，享受这份视觉盛宴，完整地看到大海、山脉、城市、小镇、车子、人们、动物、树木等等，所有都是一体的，都是地球不可分割的一部分。此刻的地球就像是一幅全景的 3D 全息图，一切都汇聚成了一个大大的整体，不再是分离的。

这种直观的看见和感受，会释放你生命中很多所谓的纠缠执着或恐惧，其实一切的一切都是生命中的过客，最终，并没有什么是真正属于我们的，真正属于我们的东西只存在于我们体验它们、享受它们那一刻的过程里，这就是拥有，这就是全部。

对地球只剩发自肺腑的深深的感恩、深深的喜爱、深深的满足、深深的爱护，因为我与地球母亲是一体的，我爱她便是在爱我赖以生存的家园，更是在爱我自己的生命。

沿途中的天使

在旅途中总是有很多不同的面孔提供给我各种各样的支持和帮助、温暖与关爱。在我需要吃饭的时候，就会有美丽的天使服务员热情主动地帮我抱千寻宝宝，这些天使们非常有爱，会抱着宝宝一上一下地举高高，会打开手机播放当地的歌曲，用他们当地的语言逗千寻宝宝，而千寻宝宝完全没有蒙圈的感觉，反而玩得不亦乐乎。

中途我们去玩冰上项目时，还有天使会把他的厚毯子披在我身上。有的天使接到像我们这样全家旅行的中国乘客，就把车载的音乐调频成中国的音乐。记得那是一位非常开心的天使，不仅如此，他看见有小朋友同行，还会播放很欢快的儿童歌曲，拍打着方向盘和我们互动，欢快立即溢满整个车厢。

　　他们都是我生命中的天使，我视他们为一路同行的天使，感谢他们给了我那么多的爱。生活是美好的，敞开心灵才能拥抱、接纳、允许那份爱流淌进来，同时把这份美好扩张出去、扩散出去，能扩散多远就扩散多远。

九个半月

环球路上第九站

——东方的瑞士"喀纳斯"

九个半月

环球路上第九站

—— 东方的瑞士"喀纳斯"

郑州距离新疆乌鲁木齐市布尔津县内的著名景区喀纳斯接近四千公里，没有直飞的航班。这一趟行程，需要先飞到乌鲁木齐，再从乌鲁木齐乘坐火车到达北屯，再乘坐预约的接车从北屯前往喀纳斯。

飞机四个小时，火车十个小时，乘坐接车前往景区三个小时。乍一听，时间有点长，但当我们决定前往的那一刻，一切都轻而易举。此时千寻宝宝已经九个半月了，飞机上他和有有姐姐玩一会儿，再和自己玩一会儿，看看窗外的蓝天白云，玩着玩着就困了想睡觉，吃完奶，哄一哄便睡着了。搭乘傍晚班次的卧铺火车，夕阳下，沿途的风景非常美丽，大片大片的向日葵供人观赏，红彤彤的晚霞照射着大地。车速不快，坐在车上嬉戏也是别有一番乐趣。有有姐姐说，坐这种火车感觉很好玩，下次还要这样坐火车。孩子们玩累了就睡觉，天亮的时候就到站了。

不到新疆不知道祖国疆域有多大，从北屯火车站前往喀纳斯大约三个小时的车程。一路会经过望不到尽头的戈壁滩，穿行一座又一座的山峰，体验盘山公路画中游的感觉，与到达核心景区相比，这些过程也是相当重要的。途中的美景变幻多彩，时而阵雨飘落，时而艳阳高照，时而烟云缭绕，时而翠绿如茵，时而溪流奔涌，时而风静波平，各种风采映入眼帘，尽显壮美与辽阔。

喀纳斯地区属于国家自然保护区，是一个坐落在新疆阿尔泰深山密林中的高山湖泊，地处中国与哈萨克斯坦、俄罗斯、蒙古国接壤的黄金地带。喀纳斯素有人间净土之美誉，她既有北国风光的雄辉，又具江南山水的娇美，湖周重峦叠嶂，山林犹如画屏，湖光山色，美不胜收。喀纳斯是集冰川、湖泊、原始森林、草原、牧场、河流、峡谷、民族风情、珍稀动植物于一身的原生态风景区。在蒙古语里喀纳斯的意思为美丽而神秘的湖，她位于新疆维吾尔自治区阿勒泰地区布尔津县北部，环抱于阿尔泰山森林之中，湖水来自奎屯、友谊峰等山脉的冰川融水和当地降水。湖面海拔 1374 米，南北长 24 千米，平均宽约 1.9 千米，湖水最深 188 米。林中灌木叶茂，朽木上苔藓野草遍生，林间空地绿草如茵，山花烂漫，风静波平时湖水似一池宝石，随着天气的变化更换着不同的色调及风采。当烟云缭绕，雪峰与山脉若隐若现时，恍若隔世。

到了喀纳斯，你会发现这里是度假的天堂。河边密密的森林，松树特有的芳香，高坡上绿草如茵，湖边草木繁盛，长长的环湖栈道，可观半山晨雾和湖光景色。湖面上，随着云层的变幻，呈现出不同的观感，如梦如幻。

整个喀纳斯景区的壮丽与辽阔囊括了高山、河流、森林、湖泊、草原，是完美的人间仙境，被喻为"神的花园"。我置身于她的怀抱里，没有了语言，待在她身边本就是一种至高的享受，那是一份深深的知足、满足、喜悦、感恩、欣赏与臣服。

在"神的花园"徒步

　　清晨，一缕阳光洒在远处的山顶上，山头被染成浅橙色。阳光穿过薄雾连绵的山涧，慵懒地照射下来，轻抚着这个还在睡梦中的美丽村庄。处处鸟语花香，马群、牛群、羊群都在享用着挂满露珠的草地，千寻宝宝尤为兴奋，眼睛忙个不停，好奇地东张西望，嘴里发出啊啊啊的欢呼，表达着他的喜悦与开心。

　　接连两天，我和妈妈带着千寻宝宝在这个被誉为"神的花园"里徒步，人间仙境的一山一水一草一木，生动无比。早上七点半，就开始往山上走，带着婴儿小推车一起。刚开始，抱着千寻宝宝悠闲地走，走着走着就让他坐车里推着，差不多一个小时，在他看累了的时候，就让他躺在婴儿车上睡觉，两天都是如此。

　　第一天走了三个小时，到达了喀纳斯湖，静静的湖面在蓝天的映衬下呈现出深浅不同的蓝色，整片湖躺在宽广而挺拔的山脚下，尤为壮阔。湖边有长长的木栈道，栈道的一边环湖，一边是天然的森林，阳光穿过树梢洒下来，一道道光柱清晰可见。栈道上除了我们三个人，就只剩鸟鸣虫欢阳光微风做伴了。推着千寻宝宝慢悠悠地走在长长的木栈道上，来来回回，惬意万分。享受着大自然无私的爱与馈赠，用所有的美景、美好、新鲜与喜悦填满此刻的生命之流。

第二天清晨，我们沿着相反的方向去了神仙湾与月亮湾。这条路与去往喀纳斯湖的路感觉完全不同，大部分时间我是走在通往月亮湾的长长木栈道上，脚步声和木栈道发出的震动融为一体，嘎吱作响。栈道边有很多野花缠绕，牛群马群随处可见。阳光照耀着我、温暖着我，仿佛置身于巨幅的山水画中，太喜欢这样的感觉了，伴随着由内而外的满足和滋养，不知不觉就走了两个半小时，到达了恬静优美、壮丽辽阔的月亮湾。月亮湾呈 S 形，是喀纳斯的一张名片，湖水一半翠绿一半天蓝，映衬着两旁茂密的树林，美丽极了。

趁着千寻宝宝还在睡梦中，我迫不及待地坐在一个小山坡上，静静地观赏着这片被上帝亲吻过的人间仙境，多说一句话似乎都打扰到了这片仙境之灵。坐下的那一刻，明显地感觉到浑身的细胞都在悦动，与这一方水土紧密连接着，似乎只有呼吸能与这份宏大的存在匹配上，语言显得多余。我被这份壮丽的美深深地吸引，感动至极，由衷地欣赏她赞叹她，内心流淌着深深的满足与喜悦，我消融在这盛大的诗意中，被滋养了好久好久。

喀纳斯，最璀璨的星空

夜晚，满天繁星，垂挂天际。凌晨三点钟，我睡醒了，没有人告诉我要去看星空，莫名地，我推开了门，一抬头，被眼前的景象惊呆了。我看到星星繁密的夜空，一眼望不到边，银河就横跨在整个夜空中，好兴奋，好激动。真的是满天繁星，一个个真的会眨眼，而银河悬挂在那里任你欣赏。这里的星星特别大，特别亮，特别多，从未见过的大，数不胜数，铺满天际。一颗颗星星，好像就在你的头顶，伸手可触的感觉。急忙喊起睡梦中的妈妈，与我共赏闪耀的群星，仿佛置身于一个异样的时空里，清空了思想，只感受到所有的浩瀚星辰在拥抱着我，注视着我，亲抚着我，陪伴着我。

如果我身为其中任何一颗星星，回望地球，那会是什么样的感觉？我看到的地球会是一颗闪耀着、闪亮着、发着光的星星，而我就是那个闪耀、闪亮、发着光的星星的一部分。这是很独特的视角，真的在瞬间把我带到了更高次元的维度来回望生命，回观生活。真相就是，今生，在地球上活着就是美好的，就是奇迹的，就是值得的，就是闪耀的、闪亮的、发光的。

凝聚时光的美——小木屋

一进屋，和煦的阳光透过窗户洒在白色的床单上，阳光的芬芳扑面而来。窗外是竞相开放的野花，不远处就是峰峦叠嶂的山崖，院子坐落在一片白桦林围成的山脚下，摆放得有秋千、躺椅、地垫、茶台，有猫、有狗、有鸡、有鸟，山花遍地，微风吹拂。

此时，北京时间晚上八点，由于时差，这里的天空还很明亮，像是都市里午后三四点钟的样子，在这里天完全黑下来需要到晚上十点半左右。

搬到禾木村心居客栈，千寻宝宝很满意，眼睛看个不停，他喜欢这里的空旷、植物的繁茂、动物们的亲近，让他感觉一下子又多了好多新奇的事物。

九点半，他困了，我陪他睡觉，躺在温暖的还带着阳光味的床单上，拉上洁白的窗帘，能透过窗帘看见天空中飘浮的云彩，被夕阳照射成橙红色、浅粉色、白色，在蓝天的映射下，梦幻而美丽。我仿佛置身于动画片《龙猫》的国度，到处都是满眼的翠绿，天空湛蓝，云彩洁白，霞光粉橙，极为欢快而愉悦。

手机里循环播放的是《天空之城》吟唱版音乐，此情此景，千寻宝宝出奇地安静，他躺在我身边，看着天花板，静静地领略着、感受着这一切。他很享受、很满足，我也很享受、很满足、很喜悦。有那么一刻，时间仿佛静止了，一切的一切为我们而存在着，简单、朴素、清新、满足而美好。

我们相互依偎着，享受着彼此，没有语言，只有呼吸和心跳与这一切的一切相伴，幸福而感恩。

敞开自己，才能看见生命中的天使无处不在

身体穿行在人间仙境喀纳斯，与大自然的生命之流同在，是一种完全的释放与享受。我和妈妈还有千寻宝宝已经在从住的山庄徒步去往喀纳斯湖的途中，刚开始沿途有各种木屋山庄林立，有商店、有游客、有巴士、有牛群、有马群。走着走着，就完全进入了这片大森林中，到处都是纯天然的自然风光，没有木屋山庄和游客，连车辆也越来越少，不时地会出现悠闲自在的牛群和马群在享用着如茵的绿草；再走着走着，几乎就看不见游客了，偶尔会有一辆自驾车路过，会遇见放牧人骑在马背上放牧，还会遇见个别放牧人甩开嗓子在吟唱，声音辽阔而悠长。此时的森林原貌，一切清晰可辨，各种虫鸣鸟叫此起彼伏，阳光的射线穿越远处的山脉，洒向树林和草地，闭上眼能闻见青草的芳香，感受到阳光在亲吻着脸庞，那是一种细腻入微的亲吻与抚摸，从头顶到头发到额头到眼睛到脸颊到手臂到身体到后背，一切是那么温暖、

温润，满足而平和。

行至此处已是整个徒步行程的中后段，千寻宝宝早已在他的婴儿车上酣睡如泥，我和妈妈则各自享受着自己的身体，享受着这片纯然的自然风光。偶尔会看见远处的山脚下坐落着一间小木屋和木栅栏围成的院子，与整个天地相融，宛如童话世界。

确切地说，我们并不知道喀纳斯湖具体的入口，只知道大致的方向是对的，奇迹的是，在很长很长的路途中，并没有行人出现，就在快要到达时，遇见了景区的保洁人员在这里做环境卫生。那是一位阿姨，她不太会用普通话交流，我伸出大拇指给她点赞，并送给她大大的笑容。继续走，奇迹再次出现，不远处出现了一位游客，我问他去往喀纳斯湖的入口在哪儿，他清晰地向我指明，顺着他指的方向，我们欣喜地到达了湖边的栈道。长长的木栈道沿着喀纳斯湖修建，走在这里仿佛化身为一只雄鹰，翱翔天际的畅快；仿佛化身为深海里的一条鱼，畅游大海的自由。享受这份自由、这份存在、这份呼吸，享受这里的山谷、这里的湖水、这里的微风、这里的阳光，就已经非常喜悦非常满足了。

回程时接近中午，日晒强烈了许多，路有些上坡的感觉，我在心里想，要是有顺风车能载我们一程就好了。就在这样的念头产生不久，奇迹的是，一辆黑色的越野车主动地停下来要载我们一程，我和妈妈道不尽的感激，欣然上车。车主一行人对千寻宝宝踏过的足迹感到赞赏与惊叹，很快便把我们送到了游客服务中心。谢过车主后，我们继续前往山脚下的住处——宾虹木屋山庄。

就像这样，生命中的天使无处不在。当外出想用车时，山庄的主人，我喊他马哥，便非常热心地送我们前往。无数次我在心底感恩，感谢这些出现在我生命中的天使们。马哥人高高的，热情而善良，闲暇时，他还会抱千寻宝宝逗着玩，让千寻宝宝骑在他肩膀上转悠，在这样天地辽阔的院子里，俨然一幅人间极乐的美好画卷。马哥车技娴熟，载着我们在盘山公路上穿行，向我们介绍这里的壮美风景，饱览着这份天然的恩赐，沉醉在美景的天堂。即便搬到了一百公里之外的邻近村落，在我们需要用车的时候，马哥也依然人员熟络，快速地帮我们联系好其他的车辆，而所遇之人都是如他一样热心、贴心的车主。不止一次，都是同样的情景，在需要帮助的时候，马哥热心地为我们提供慷慨的支持，帮助我们去到我们要去的地方。

类似的奇迹发生在我的生命中无数次，数不胜数。无论是在我抱着千寻宝宝要办事情的时候，还是在提拿行李的时候，抑或是在排队等候的时候，在地铁中、在吃饭的时候，总之，总是有这样那样的天使出现在我的生命里，给予我及时的关爱与帮助。原因只有一个，我的心是敞开的，我不抗拒和质疑爱会通过什么样的人以怎样的形式流向我。无论我在世界的哪一个角落，我在我的生命里种下的都是美好、阳光、积极与爱的种子，我的内心发送出去的永远也是美好、阳光、积极与爱，而我看到的、接收到的、吸引到的也永远都是我种下的美好、阳光、积极与爱的人、事、物。一切都取决于我内心世界拥有什么样的信念与思想，是装满了爱与丰盛，还是恐惧与匮乏。无论装的是什么，我都会创造与之相匹配的外在来到我的生命里供我体验。

心中若有桃花源，何处都是水云间

珍惜每一天的到来，与每一个发生在一起。在喀纳斯旅游是个无比美妙的经历，在旅程中，突遇新疆乌鲁木齐疫情，这里立即也戒备森严。

虽说喀纳斯距离乌鲁木齐有六百公里，但为了有效地做到对突发疫情的控制，政府要求所有游客接受当地的核酸检测，并且在核酸检测结果出来之前是不允许有任何外出活动的，需要在官方指定的酒店房间内隔离等待。

既来之，则安之。心态决定体验的感觉，便安住于此，安然地待在酒店享受被照顾的日子。三餐有工作人员送达，酒店的设施非常好，我与妈妈、女儿、千寻宝宝在这里共同度过了等待核酸结果的隔离日子。这是一段极慢的生命时光，所有的事情就是：吃吃、睡睡、陪孩子玩玩、洗洗澡、整理物品、听听音乐、运动运动、看着天空、看着窗外、听听微课、静坐、发呆，就这些。唯独不可以随意离开酒店房间。

我和妈妈说，一切都刚刚好，我们可以在这个时间里全身心地陪伴彼此了。实际上，在妈妈这样的年龄，我们要做到彼此全身心地亲密陪伴，是多么难得与珍贵。妈妈也非常认同，她没有表现出丝毫的焦虑或不适。大家都享受着彼此的陪伴，珍惜生命流淌到这一刻的时光。

就只是去享受被特殊照顾、被人呵护，享受不用做饭、不用洗碗，享受免费的酒店，享受管家保姆级的服务。我看到妈妈在床上做各种身体的运动，才惊喜地发现，63岁的她竟然可以做很多高难度的瑜伽动作，很多瑜伽动作连我都做不到，才看到妈妈拥有那么棒的身材、那么棒的健康、那么轻盈的身体，这是多么美好多么美妙的事情。她就静静地和身体待在一起享受着她自己，我为她热爱自己的生命、热爱她自己感到无比开心与欣喜，一度被她感动。

两个孩子也自得其乐，有有姐姐安然地享受着酒店的 Wi-Fi，沉浸在她的迷你世界里，不停地给自己建各种房子，玩得不亦乐乎。我也一样，绝大部分时间都和千寻宝宝在一起，抱着他对他说，我们就好好拥有彼此吧，他就咧嘴开心地笑，看得出来，他的内心充满满足与喜悦。

再一次，我在千寻宝宝的表现中收获到珍贵的生命礼物。要怎样形容呢？"心中若有桃花源，何处都是水云间"再贴切不过了，孩子的内心是光明的，是喜悦的，是充满爱的，所以，他在任何地方，都会展示他心中"桃花源"的生命状态。

而我在持续的自我成长与生命意义的探索中，也找到了这把活出生命至高无上喜悦的金钥匙，我也做到了。每时每刻，无论我在哪里，或者说，并不取决于我外在所处的境遇，我都像亲爱的千寻宝宝一样，活在全新的当下，活出心中的桃花源。

自由的可贵

很多人认为一个人的成功，意味着要做一个亿万富翁，或者著名的人。然而，在被隔离等待检测结果的两天时间里，我深刻意识到自由的可贵，真正的自由是什么。

曾几何时，在引领我探索与成长的一堂讲述财富主题的课程里，我的老师曾说过，做一个像比尔·盖茨那样的人，是没有什么自由的。就像在洛杉矶的监狱里，你要经过层层的监管、监控、检查、看守一样，在盖茨的家里，如果你去拜访他也需要经历这个类似的过程。然而人们却依然疯狂地想做一个像比尔·盖茨那样的有钱人。

那个时候我的理解并没有如此深刻，此番独特的体验之后，我对此便有了更深的领悟。所以，自由是什么？在我看来，自由就像水的流动流淌一样，是自在的、自如的、不受阻隔和限制的，是一种极大的内心深处涌现的深层次的满足和喜悦，这并不是靠外在拥有更多所能赋予的感受。它是衡量一个人的内在是否真正富足的核心和象征，因为当你的内在是富足的，是自由的，你就会为自己匹配那样的外在世界呈现到自己的生活里，供你体验，这一点毋庸置疑。然而，相反的一面也是完全一样，当你的内在是不富足的、是匮乏的、是充满限制和恐惧的，你就会为自己匹配那样的外在世界呈现到自己的生活里面，供你体验。

　　此次独特的经历，尤其加深了我对自由的悟道和洞见。是的，自由是如此珍贵，如此可贵。如果没有自由，谈何幸福；如果没有自由，拥有再多的财富或者得到再高的权力与名望，人生都将暗淡无光。

十个半月

环球路上第十站

—— 云南弥勒太平湖森林小镇

·森林小镇

十个半月

环球路上第十站

——云南弥勒太平湖森林小镇

心灵的归宿

滇藏出发前，我带着妈妈和十个半月的千寻宝宝来到了美丽的云南弥勒，住在著名的文旅小镇——太平湖森林小镇。小镇坐落在山脚下，四面环山，云雾缭绕，风景优美，碧水蓝天，花卉繁盛，绿化饱满，道路蜿蜒，一步一景令人心旷神怡。

入住期间，小镇游客并不多，加上是雨季，时常会飘落小雨，备感清爽。这里的气候即使飘雨也很快雨过天晴，从早到晚的天空可以用变幻多彩来形容，晴空万里、蓝天白云、乌云密布、清风徐来、晚霞挂彩、彩虹点缀，都是一天里常见的景象，交替变换，热闹非凡。

除了赏景，这里有木屋酒店，实际上酒店可供选择的住宿地点不只木屋，还有房车、帐篷。我带着千寻宝宝顺利地住进了木屋，门口是宽阔的木栈平台，有独立的院子，院子里的花草繁茂有序，整个房子面朝湖景和连绵的山脉，感觉好极了。

夜晚的镇子特别安静，蛐蛐的叫声伴随着远处的蛙鸣响彻四周，清新的空气与风做伴，一轮明月挂在空中，无论是躺在床上，还是坐在门口的木栈台上，都是被浓浓的"金木水火土"的大自然元素所包围，惬意万分。

千寻宝宝陪我在这里住了一阵子。其间，白天我在这里学习心灵舞蹈。课程设在这样的仙境里，身心迅速归位，头脑是空的，内心却是满的，能清晰地看到自己的开心与幸福，感受到自己的开心与幸福，触摸到那份浓烈的开心与幸福。课后，带孩子的时间里我就全情地投入陪伴孩子，跳舞的时间里就兴高采烈地投入舞动，完完全全融入这里，融入每一个发生里，让自己成为一个体验者，深入地体验着自己、体验着妈妈、体验着女儿的角色切换。同时又让自己变成了一个观察者，每时每刻在那个大大的存在里，你知道那个存在每时每刻都在观察着你，并透过你的体验在体验着存在本身。因此，即便是平淡无奇的一举一动也是那么鲜活有力。我全然地处在当下，让自己与每一刻的发生用心地连接在一起，就会触碰到内在的快乐与喜悦，那是一种随时随地唾手可得的快乐与喜悦，是真正的满足与滋养。不再被外在的拥有所捆绑和束缚，反而内心的感受更加美好与和平，简单平凡却幸福而满足。

我知道这就是我寻找的正确的路，我的方向——终极的喜乐富足，并且是每一个人都可以卸下坚硬的层层外壳的伪装，触及并到达"心"的力量，那是一份深深的宁静与满足，是广阔的探索与终极的归宿。

人们为什么总是很喜欢孩子

生命舞蹈的第三天，身体各部位打开得越来越多了，舞动的感觉更加畅快灵动，让我看到身体的无限可能。实际上每个人的身体都拥有无限的可能，身体天生就具有能表达和展示它自己的智慧和天赋。

接近中场休息时，突然在想千寻宝宝在这里的话一定会很喜欢。真相是每个人天生就会跳舞，不信去看看孩子们便知道了，他知道怎么摆动自己的身体。在云南这个地方的说法更甚，人们说，会走路就会跳舞。千寻宝宝就完全是这样，有音乐响起，他都会兴奋地摆动自己的身体，手脚并用，笑容绽放。就在我有这样的想法没一会儿，停下舞动的那一刻，一睁眼居然看见工作人员中一位漂亮的小姐姐抱着千寻宝宝就在舞蹈现场，好开心好奇迹，赶紧走过去，还没等我抱起他呢，他眼睛里放射出的光芒直接将我笼罩，手舞足蹈地迎接我的怀抱，嘴里啊啊啊地在欢呼。

亲亲他的脸蛋，抱过来，举得高高的，他兴奋地尖叫，随着音乐一起舞动，没有固定的步伐、姿势，生命舞蹈就是这样，核心是让身体放松，身体放松了才会灵活自如地去表达。只需跟随内心的感觉，相信身体，自然地去让它摆动、扭动、转动就可以了。你会乐在其中，醉在其中，享受身体舞动的美妙与美好。千寻宝宝完全能感知这一切，他知道怎样跟随我的身体去摆动他的身体，我们完全是在同一个频率步调里，和谐共鸣。不只这些，他还会打开嗓子，啊啊啊地开唱，完全不吝啬地表达生命的开心与喜悦。

一停下来，脚刚落地，他就欢天喜地地想到处跑，路不会走不要紧，只要你扶好他，他就双脚快速地拍打着地面朝人们走去。这么活泼可爱的宝贝，引得现场的人们都来围观逗乐拥抱他，他也不怕生，喜笑颜开地把热情的笑容传递给每一个与之互动的人。

人们为什么总是很喜欢孩子，不管是熟悉的人还是陌生人，越小的孩子越招人喜爱。原因是孩子是纯粹的、纯洁的、纯真的，浑身透着生命的光辉散发着满满的爱与光，而无论人们的年龄多大，在内心深处仍然有生命初始的那份纯粹、纯洁与纯真，那份纯粹、纯洁与纯真从未离开过，是孩子的出现让他们瞬间连接上了自己内心深处本来就有的那份纯粹、纯洁与纯真，忆起了我们本就是纯粹、纯洁与纯真的灵魂。所以他们自然而然地流露出对孩子的爱，对孩子笑，去逗他，去亲近他，想抱他，想给他爱，实际上是在对自己内心深处本就拥有的那份纯粹、纯洁与纯真表达爱与喜欢，接纳与拥抱。那是我们每个人心生美好的源头，真正开启源源不断的创造与创新的地方，会生出许许多多的喜悦与满足的地方。

盛大空前的交响乐

六点钟，晨曦徐徐，美景成画。漫步在广阔的园区里，呼吸着清新无比的空气，步履很轻，鸟儿们在欢快地吟唱，歌声穿透空气向四周扩散，草丛里的昆虫一直在欢唱，树叶在微风中摇曳，草尖上挂着新鲜的露珠，云在天空中飘散，金银花散发着迷人的幽香，各种花儿绽放着七彩的色泽表现着它们的美丽。我忍不住坐下来，感受着这一切，倾听着这一切，观赏着这一切。我意识到，这是大自然演奏的交响乐，而眼前出现的只是这盛大交响乐中的一个篇章，还有很多很多的元素都在这盛大空前的交响乐中，交织着，蔓延着，舞动着，虽然我用肉眼看不见，不代表不存在，用心去感知去聆听，是完完全全能感受得到的。

比如，我的呼吸，我的心跳，我的血液在流动，远处的湖面在波动，空气在流动，云雾在飘散。月亮还挂在空中，它在围绕着地球转动，地球自己也在转动，地球围绕太阳在转动，银河系在彼此亲密绕动，而银河之外的一切一切都在动，没有任何生命在这份盛大空前的交响乐中静止不动。

彻底被这份强大的感知和领悟震撼，我知道我就身处在这交响乐中，每个人都身处在这交响乐中，一直与这份宏大的存在同在，被这一切的一切深深地打动着。

事实上，这份盛大空前的交响乐从未停止过它的流动与生生不息，而我与每个人、与万事万物也都与它同在。内心深处感受到极大的被充盈被填满，那是一份巨大的宁静与满足。

后花园里睡觉

　　千寻宝宝一直喜欢早睡早起，所以，我会随他一起早睡早起。

　　六点钟左右，他睡好了，就会准时起床，通常洗漱完我都会推着婴儿车带着宝贝去户外。森林木屋酒店坐落在森林小镇深处，依山傍水，一派皇家后花园的景象，处处鸟语花香，道路干净便捷，园林规划错落别致，我称这里为后花园，每天清晨，我们就置身于这巨大的流动的山水画中。

　　一切那么的鲜活，清晨的微风拂面而来，叶子在风中摇曳，鸟儿们欢快地唱着歌，蛐蛐在草丛中欢呼，夜来香的气味弥漫在空气中。千寻宝宝太喜欢这种大自然的陪伴了，他在小车里，时而安静，时而欢呼，有时候他只是看着高高的路灯，一个导示牌或者是湖边戏水的鸭子都能让他兴奋不已，嘴里发出嗷嗷嗷的叫声，拍打着婴儿车的扶手。

　　差不多这样畅游了一两个钟头，他开始感觉困了，揉揉眼睛想睡觉，我就把婴儿车放平，不一会儿的工夫，他就呼呼大睡。似乎，白天他更享受在大自然中睡觉的感觉，这一觉能安稳地睡两个小时，即便会有路过的车辆、喧哗的人群，他也安睡自如。这些举动，让我更加意识到，大自然本就具备强大的滋养人体的功效，无论是温暖的阳光、轻柔的微风、欢快的鸟叫、怡人的花香、晶莹的露珠，还是芬芳的草地，都在表达着大自然那无处不在的存在与爱，而孩子的身体是特别通透灵光的，所以他更能敏锐地接收到来自天地的给予和万物的滋养。

很多次，千寻宝宝在婴儿车上睡着，我就推着他，漫步在这仙境般的后花园，或者是某个公园，或者是小区里，就只是静静地陪着他，也陪着我自己。

夜的宁静与深沉

看着房顶的吊灯、墙上的装饰画，夜景灯透过墙上的格栅板照在屋内，窗外蛐蛐的欢唱声连成一片此起彼伏，远处的酒吧里有人在弹琴歌唱，而此刻我更享受屋内的静怡与凉爽。和千寻宝宝躺在床上，我搂着他，给他抚摸和亲吻，告诉他，我爱他、我喜欢他、我欣赏他、我感恩他，小家伙心里美滋滋的，安静地躺着享受浓浓的母爱，我也在享受着孩子天生自带的那份无条件的爱。

忍不住亲亲他的额头，亲亲眼睛，亲亲鼻子，亲亲脸颊，亲亲嘴巴，亲亲耳朵，边亲边蹭蹭他。他好享受这样的爱，咯咯咯地咧嘴笑，我也好享受以这样的方式给予他爱。我给予等同我接收，当我给予的时候，瞬间我接收到了强大的爱的回流。

小木屋给了我们一种无比亲切又接地气的感觉，房间小而温馨，干净而整洁，在房间里能闻到院内修剪过的草坪的青草香，没有车水马龙的喧嚣，乡村的气息包围着木屋，千寻宝宝很快香甜地睡去。我感受着夜的宁静与深沉，感受着千寻宝宝均匀的呼吸，耳朵贴在枕头上，能听见自己心跳的声音，握着他的手，感受他手心脉搏的振动，与我掌心的脉动合一，一圈一圈地、有力地向外扩散，心中流露出满满的幸福与满足。

宝宝们的乐园

在小镇居住的一段时间里，总是会遇到好多婴儿宝宝们在大人的陪护下游玩，有两三个月大的宝宝，有五六个月大的宝宝，还有像千寻宝宝这样大的，还有比千寻宝宝更大的，都是家长推着婴儿车，或者大人抱在怀里，或者是用当地人喜欢用的婴儿布袋背在身上，在其他地方这种情形并不多见。我想这与这里的人们比较敞开接受大自然有关，也与这里的气候怡人、环境优美有关，四季如春的大自然，没有人会不喜欢，宝宝们来到这里，身心备倍感舒适，自然也生长发育得更加健康茁壮。

千寻宝宝就是典型的热爱大自然的孩子，这也跟他经常在户外有关，在大自然中，他很放松。看着各式各样的绿树、鲜花、小亭子、路灯、漂亮的建筑，他都会兴奋不已。有时候不想坐车就想让你抱着他一起走路，走着走着，他就开始兴奋地唱歌，眼睛热情地看着周围的一切，时不时地与周围的一切打招呼交流，虽然听不懂，但我能很清晰地感知到，他们在交流在互动。

戏水

一阵大雨过后，整个小镇清爽极了，院子的木栈台上残留着积水，千寻宝宝在屋内急不可耐地想跑出去玩水，拦都拦不住，对着门口的木栈台嗷嗷嗷地叫。外面还飘落着零星小雨，看着他这么急切的表情，那么兴奋，眼睛直勾勾地盯着门口，我索性就让他玩水吧。孩子天生对水就充满了热情与兴奋，有有姐姐也是这样的，至今对水都怀有独特的依恋和喜爱。

我想，这与孩子们、与我们每个人在最初的孕育阶段，畅游在子宫羊水包围中的孕育环境有极大的关系，所以似乎天生喜欢和水亲密，跟水玩。

因此，我便不拦他，帮他把脚上的袜子脱掉，任由他踩在积水上。他欢快的神情、愉悦的样子不言而喻，他几乎是在尖叫，双脚快速地拍打着地面往前蹿，溅得水花四起。他的脚快速地拍打积水，发出咚咚咚的声音，节奏很快。我真的不知道他的脚板疼不疼，似乎他不疼，他拍的节奏很快很有力，这一切都展示了他内心的狂喜与满足。就在这木栈台上一点点的积水里，他找到了难以形容难以描述的愉悦与满足。就这样看着他，我也很开心；看着他享受，我也很享受，我也好满足。所以满足和喜悦是我们每个人内心与生俱来的本领，它不在外在，几乎是随时随地都可以发生，在于我们慢慢地忆起我们内在本就拥有的这颗喜悦之心，我们存在，就是喜悦的，就是美好的。

于是，我抱起他走得更远一点，让细雨洒落在我们身上，他安静地仰着头，好奇地眨巴着眼睛，似乎在问我，妈妈，这是什么呀，一点点凉凉的感觉，好奇妙呀。我告诉他，宝贝，这是雨，这是雨落在身上的感觉，你刚才踩的是雨水，你很喜欢和水一起玩对吗？

为什么说永远要相信自己的感觉

感觉就是内在声音的表达，于你而言感觉永远都是最好的答案，而感觉就在每个人的内在，所以一个人对任何事情的感觉如何，只有他自己是最清楚的。任何时候、任何事情，若回到每个人的内在，都有答案。

从云南弥勒到大理高铁三个小时，大理的热闹非凡和弥勒森林小镇的僻静清幽形成鲜明的对比。千寻宝宝白天的活动区域除了在客栈院子里玩，还会去古城街道，街道离客栈很近，拐两个弯就到了。古城的街道商品琳琅满目，游人熙攘。

前面的篇章里有分享过，孩子永远活在全新的当下，他会把好奇与兴奋以及喜悦的感觉随时随地地带入新的境遇里。所以，千寻宝宝表现得好奇而兴奋，面对街道的热闹与繁华，他应接不暇，左顾右盼，眼神会驻足某样东西与之交流互动很久。

记得在一个音乐餐吧里，我带他到乐队表演区去参观，七彩的灯光转动着方向从头顶照耀下来。此情此景，千寻宝宝简直看得惊呆了，仰着头瞪着眼睛张着嘴巴驻足观赏，兴奋地手舞足蹈。欣赏够了，我把他放在乐队表演区的落地台上。表演还没正式开始，千寻宝宝坐在那里，周围都是现场演奏的器具，第一次在这样的场景里，他的好奇与激动难以形容，只知道他兴奋得几乎在尖叫，不时地挥舞着小手，还时不时地拍打着地面，嘿嘿嘿地笑，我就在边上安静地看着他。他处在这样欢快的兴奋里自娱自乐了很长时间，陶醉型的自娱自乐。这一切的表现都在表达诉说他感觉很好，他太开心了，他好兴奋。

为什么说永远要相信你的感觉？你看，这么小的孩子，虽然他还不会说话不会走路，但是，任何时候任何事情，内心的感觉是怎样的，什么是让他感觉好的，什么是让他感觉不好的，他是完完全全清清楚楚明明白白知晓的，这是每个人与生俱来的生命本能。并且，出于对自己全然的爱，他会时刻确保让自己处在让他感觉好的地方，想方设法离开他不喜欢的地方。于孩子是这样，于我们每个成年人更是如此。

那些让你感觉好的，向你展示了那个当下你的最佳利益，那些让你感觉不怎么好的，向你展示了你去了错误的方向，去了不是你的路的路，需要转身朝向让你感觉好的方向，于你而言对的路。并不是说一个是好的，另一个是不好的，这完全取决于你想体验哪一种感觉的生活。

实际上，在生活的方方面面，我们每个人都有一位贴心陪伴的老师，并且只专属服务于我们每一个人。这位老师他从不休假，自我们出生以来，直到生命结束，都从未缺席，时刻准备着开心地为我们每个人提供专职服务，并且永远都是热情周到、细致入微、精准无误、分毫不差。这位老师就是我们每个人内在的感觉，感觉就是我们每个人内在声音的表达，于你而言，感觉永远都是最佳的答案、最好的老师。

珍惜每一天每一个当下多么重要

任何东西，你享受它的那一刻你就在拥有，是真正的拥有、最大的拥有；任何东西，你不享受它，即便坐拥名下，也未曾真正拥有。人生最大的拥有就是你在享受它的时候。

　　杨丽萍艺术中心的太阳宫，位于大理双廊洱海的一座小岛上，山水相依，完全依托大自然的山水与岛屿的优势，依山傍水建造而成。现在这里仅作为供游客参观的地方，千寻宝宝和我们有幸深入其中，非常幸运地坐在太阳宫超大的露台中央。露台伸过去就是洱海，四周被翠绿的苍山环抱。整个建筑完全避开了自然生长的树木，或者必要的地方留给古老的大树足够的空间，让自然与建筑完全融为一体。坐在这里观山听海，整个洱海的美景都尽收眼底，着实陶醉。

　　千寻宝宝对这里的一切都尤为好奇，听着浪涛拍岸，看着波光粼粼的洱海，玩着玩着就在躺椅上睡着了。静坐在这里，想起送我们的司机说，他们当地人天天住在太平湖森林小镇，不觉得很美，没什么太多的感觉。同样地，换作是太阳宫这样仙境的地方，人们也依然很容易会有这样的感觉。

　　内在的自我对话就这样开启。所以，真相是什么，是太平湖森林小镇和洱海太阳宫它们还不够美吗？

　　不是的，完完全全的自然风光融合独特的建筑，那是绝美的人间仙境。

　　那为什么待久了就会觉得不美了，出现审美疲劳了呢？

　　原因是珍惜每一个全新的一天、每一个全新的当下是那么重要。当我们以全新的视角来看待每一天、每一个当下时，便都是全新的美好的。

所以，美景固然重要，然而比美景更重要的是干净纯洁美丽的心灵。如果我们拥有孩子般干净纯洁美丽的心灵，对事物的感知就不取决于外在的环境。换句话说，在什么样的境遇里我们都是能感觉到珍贵与美好的，并且在离开的时候，内心是会流淌出一种拥有体验过后的完整、满足和圆满的感觉。

珍惜并活在全新的每一天、每一个全新的当下，是如此重要。我也并不总是都能做到，但我会时刻有意识地保持自我觉察，把自己立即带回到全新的当下，这个自我觉察对于我就像每天吃饭睡觉一样重要。因为，我深深地知晓宇宙的奥秘与真理，只要我们活在当下，就无所谓我们在哪里，做什么工作，拥有多少金钱，积攒了多少资产，拥有多少权力，开办了多少公司等。所有这些外在的拥有，会带给我们短暂的开心与喜悦，但是那么短暂，极其短暂。然而，只要确保让自己活在当下，我们就已经是全然的开心喜悦、满足享受。

十一个月

环球路上第十一站

——祖孙三代自驾行滇藏

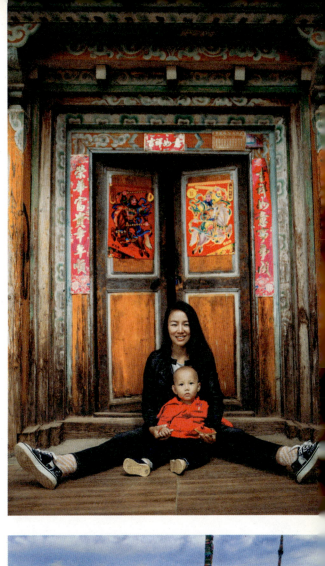

十一个月

环球路上第十一站

——祖孙三代自驾行滇藏

蝴蝶自由穿行在清涧

　　许巍的歌《旅行》中唱道："只有青山藏在白云间，蝴蝶自由穿行在清涧。"是的，我完全体验到了这样的感觉。蝴蝶自由自在地飞翔在蓝天白云、花朵树丛中，与阳光做伴，邀微风共舞，择花朵相恋，拍打着迷人的翅膀，表达着它的喜悦与自由。这样的景象，每个人都见到过，并不陌生。

　　在香格里拉虎跳峡大峡谷中穿行，我体验到的就是蝴蝶自由穿行在山涧的感觉。雄奇险秀，山水交融，峰峦叠嶂，连绵不绝，怀抱着深深的峡谷，正值雨季，河流奔涌向前，发出近乎咆哮的声音。

　　坐在房车里，车子行驶在盘山公路上，车型高大，透过窗户，看不到路面。视线范围内刚好看到的全是高耸的山体，与山顶的云雾交相辉映，像是立体的动画在眼前一刻不停地变幻着、流动着，或者说我穿行在这巨幅 3D 的山水画中，跃上心田的第一感受就是，蝴蝶自由穿行在山涧，美妙而生动，自由而惬意。

目的地是虎跳峡，徒步观景。虎跳峡位于香格里拉市虎跳峡镇境内，距香格里拉市九十六公里，距离丽江市八十公里。发源自青海格拉丹东雪山的金沙江迢迢千里奔波到此，突遇玉龙雪山、哈巴雪山的阻挡，原本平静祥和的江水顿时变得怒不可遏，因有猛虎跃江之势而得名。

其中，虎跳峡徒步线被誉为世界公认的徒步旅游胜地，以"险"名天下，是中国最深的峡谷之一。虎跳峡有香格里拉段和丽江段之分，而香格里拉虎跳峡是国家 AAAA 级风景名胜区，它包括上、中、下虎跳峡，高路徒步线，其中，虎跳峡徒步线被誉为"世界十大经典徒步线路之一"，主要由高路徒步线和中虎路峡徒步线两大部分组成。本次我们沿着中虎路峡徒步线路下行至观景区，线路是陡峭的下坡山路，很多时候感觉都不是路，而是自然的石阶显现成路，就是沿着这样的徒步路线到达最下面的观景区。

很幸运，在商店里买到了婴儿布袋，店主热心地把自己背孩子用过的布袋卖给了我，红色的厚布上绣满了花朵，镶着"富贵平安"，再配上绣花及颜色，极具少数民族特色。布袋非常简易却十分好用，就是这个神器让我轻松地带着千寻宝宝一起徒步，一直下到了虎跳峡最低处的观景区。途中欣赏着完全的自然风光，千寻宝宝应接不暇，看得出他的兴奋与开心，不时地拉着嗓音叫唤，表达他的好感觉。下行时布袋里的千寻宝宝面朝我的怀抱，我留意到了有趣的一幕，在遇到我跨过一个大一点的下坡或转弯时，他会精准地在那一刻下意识地主动搂紧我的脖子，之后就松开手，生命的本能总是向我彰显着它无时无刻不在呵护好每一个灵魂。同行的伙伴们出于爱和关心，总是担心我太累，而事实上，我内在的感觉是，此刻的宝贝与我是一体的，一切都只是一场体验，于我而言，就是好好地体验当下的这一切。我并不赋予"好累""好重"的思想给自己，就只是坚定地走好脚下的每一步，没有过多的语言交流，并不思考前方的路还有多远，完全让自己处在当下专注地走好正在行进的那一步。我闻到了山谷里的植物散发出不同的气味，看到了树木草丛顽强地生长在石山里，尤其是大树，树根的枝丫蔓延在四周，深深地扎根在石头中。这一幕令我捕捉到大自然无处不在地给人间传达的智慧——融合，与天地万物融合才能收获生命的自在与喜悦，万物本就一体，而不是让自己从这巨大的一体中分离。我瞬间变得好有力量，脚步也轻松了，继续往前迈，天气阴凉而清爽，我慢而稳地走到了观景区。

品到虎跳峡的味道，什么叫惊涛骇浪，只见流不尽的江水轰隆隆地向前奔涌，假使有任何物体落下去都会在一瞬间变成齑粉。在这荒野里埋藏着动人心魄的磅礴气势，仿佛猛虎刚跃过，留下威风凛凛的长啸。

生命是顽强的，等着你去使用

亚格布朗是专业的户外领队，普米族人，高大阳光帅气的大男孩，出生在云南与西藏交界，熟悉滇藏沿线路况。徒步细观虎跳峡全貌，是他的建议与安排，他护卫大家徒步深游虎跳峡。语佟，一个闪烁万千面相的阳光女孩，本次滇藏线的组织者，我总说她身上有国际超模范儿的大气与真实，是我非常信赖、喜欢的人，性格阳光内心通透，兴趣爱好广泛，潜水、健身、爬山、探险、摄影、剪辑、旅行，都进行得有滋有味，好像没什么是她不会的。

我很感恩，确切地说是非常感恩。感恩他俩的勇敢以及对我们祖孙三代的信任，丝毫未表示出担忧或焦虑，这本就给了我们莫大的支持与鼓励。除了千寻宝宝，我的妈妈也一起随行，小宝贝十一个月大，妈妈六十三岁，要知道首先是亚格和语佟的允许与支持，我才能顺利地拥有带着妈妈和千寻宝宝参与我生命中这场夺目而难忘体验的机会。

买好婴儿背袋，我们就随着亚格的带领出发了。这里重点介绍上坡的路。与下坡完全不同，上坡的路有三段天梯，每个人要顺着天梯爬上去，每段天梯牢牢地固定在山崖壁上，垂直快接近八十度，没有安全绳，全靠自己踩稳抓好扶手。慢慢走安全系数是很高的，亚格没有担心或怀疑妈妈做不到，事实上妈妈做得非常好。上坡的路过于陡峭，同行的伙伴中极其热心的康康帮我用布袋背好千寻宝宝上坡，为了减轻千寻宝宝的陌生感，还不时抖动身体逗宝宝玩，令我感动不已。

我和妈妈结伴而行，我对她说，我们各自照顾好自己，集中精力走好自己脚下的路，避免精力的分散，减少语言的交流，放慢速度，只需用心专注地走好脚下的每一步。

男人们在户外似乎更具体能优势，亚格走在前面带队，并不像我会加速喘息大口吐气，康康更是给力，多亏了他平时保持着健身的良好习惯，体能优势尽情发挥，完全帮我减轻了上坡的负重。他背着布袋往上走，千寻宝宝在布袋里背对着他的怀抱，他俩互动得亲密有加，除了翻越大量的上坡路段，前两段天梯最为陡峭，康康非常安稳地把千寻宝宝带到了梯顶。第一次体验这样的路况，出于不熟悉，出于饥饿感，出于不认识康康，千寻宝宝哭起来，急切地想找我抱，于是，第三段天梯我与他同行体验。我最大的感受是，用心走好脚下的每一步，不用看上面，也不用看下面，避免头脑胡思乱想的干扰，专注地走好正在走的那一步，你就是稳稳的，你就是牢固的，你就是安全的，不知不觉中就到达了梯顶。

跨过梯顶的感觉犹如云开见日的豁达和清爽，充满了勇敢和力量。我迫不及待地喝水，从未有过的甘甜流入心田，所有人都为自己的非凡体验感到自豪，都在惬意地享受着运动完后身体的放松与舒展，回味着大自然的壮观与神奇。内在力量就是在这样的体验中得到一次又一次的绽放和扩张。

对话神圣的梅里雪山

运气太好，一路云雾，快到达梅里雪山景区却是蓝天白云，雪山的神圣与尊容就在白云间。

梅里雪山在藏区被称为卡瓦格博雪山，当地的藏族人民为它命名，赋予它神性，世世代代与它保持着血肉联系，是《中国国家地理》选出的"中国十大名山"之一，同时它也是藏传佛教四大神山之一。梅里雪山位于云南迪庆州德钦县境内，最高峰卡瓦格博峰海拔高度6740米，是云南省最高的山峰。这里既有高原的壮丽，又有江南的秀美。

看到眼前这壮观的一幕，我惊呆了，在观景台凝视它很久，妈妈带着千寻宝宝在观景台的木台阶上学走路，从这边走到那边，来来回回；我则与神山神圣、宁静、平和的能量连接，莫名地感动，是喜悦的感动，泪水止不住地外涌。

似乎能听见我与它的对话，我说，你这样壮观，宁静而平和，我静静地看着你，感觉好好。它笑着回应我，孩子，谢谢你来看我，你看到了你自己拥有的壮观、宁静与平和。

我问，你会不会嫌游客太吵打扰到了你。它温和地笑着说，孩子，我存在于这里已有千万年之久，要经历人们在我面前展示的万千面相，我视这一切都是独特的、美好的，他们是在用各自不同的形式表达自己内心的喜悦，所以，我欣赏着、悦纳着人们不同的面相。你看到我周围的云雾在不停地变幻、舞动，你看到不同时间的我呈现出不同的样子，我亲爱的孩子，你和我是一样的，每一刻你都是不同的，你有像我一样的万千面相，不要吝啬，尽情地去绽放它。

真的好开心，我说，谢谢你亲爱的雪山，谢谢你送给我的智慧和礼物，我明白了，是你的宽广承载了出现在你面前的一切，你均视它们为礼物。

天堂的净土——说打村

离开梅里雪山，车子一路上行，沿着蜿蜒的盘山公路，穿行在重山环绕间，赏一路绝美景象抵达山顶。

这里的坐标是云南迪庆藏族自治区德钦县佛山乡说打村，距离德钦县城约六十公里，从德钦县城出发，沿着最美的 214 国道一直北上，跨过一座座陡峭的山峰，村庄就静卧在云雾缭绕的群山里，僻静清幽，堪称世外桃源，完全是片天堂的净土，宛如童话世界，我被这纯净的景象震惊。绵延的梅里雪山，壮美的卡瓦格博群山熠熠生辉，眼前尽显山之王者的宽广与深厚。

云雾一刻不停地在飘动，像个调皮的精灵一直在与我们互动，表达着对我们的欢迎。

酒店坐落在这里，用客栈形容更贴切。说打村是纯自然的村子，只有十一户人家，处于对外开放接待住宿餐饮不久的小众地方。住在梅里雪达湖依云山居民宿，就是当地村民的院子。随着政府扶贫建设的推进，进村的道路得以拓宽，能实现水泥路的就实现了水泥路，暂时实现不了的也保证了车辆能够通行，有一些补贴用于村民自家院子升级，改造成客栈用作对外经营。

房间超级棒，全部是整面墙的超大落地玻璃，可 360 度观景，房间也特别大，均配备了浴缸、会客厅、茶台、茶具，落地窗外就是梅里雪山。

泡上一壶茶，坐在窗边开始欣赏这份绝美的大自然恩赐。神奇的景象出现，轻盈的薄雾从村庄低处缓缓升起，越来越多，眼前的视线范围逐渐开始模糊，一会儿工夫能见度就只有几米远。我不知道大自然要呈现什么惊喜给我，但我的心是宁静的，就静观其变，享受着滇红的醇香。几杯茶的工夫，眼前的薄雾开始缓缓散去，并没有风，是自然地飘散，像幕后有位神秘的导演在操控着这一切似的。慢慢地，眼前的一切开始逐渐恢复清晰，直到梅里雪山再次呈现眼前，太神奇了，是我从未享受过的视觉盛宴。瞬间，我读懂了，是大自然想把这旷世美景像盛大的舞台剧一样现场演绎给我们。看见壮观的天幕呈现在眼前，心中涌现阵阵激动与狂喜。

世界屋脊——天路七十二拐

坐在观景台的台阶上驻足观赏，任凭阳光洒在我身上，用心感受着这里的一切：天空的湛蓝、白云的纯净、阳光的温热、风的呼啸、山川的壮丽、公路的盘旋。

我不知道要怎么描写眼前震撼的旷世奇景，《天路》歌词中的一段"黄昏我站在高高的山岗，盼望铁路修到我家乡，一条条巨龙翻山越岭，为雪域高原送来安康。那是一条神奇的天路，带我们走进人间天堂；那是一条神奇的天路，把人间的温暖送到边疆。从此山不再高路不再漫长，各族儿女欢聚一堂"最为贴切。虽然这是描写青藏铁路的，但用于天路七十二拐也完全符合。

此刻，千寻宝宝安睡在车里，双脚搭在我腿上，耳机里《天路》那嘹亮的歌声响彻耳边，我已止不住地泪流满面，是深入骨髓的感动和幸福。

天路七十二拐位于四川省与西藏自治区交界处，从最低点海拔3100米，一路攀升到最高点业拉山口海拔4651米，再盘旋下降，长几十公里。于我而言路上的分分秒秒都是珍贵的，都是美不胜收的惊喜。同时这里也是川藏线邦达至八宿区间著名的险路，走过的人，终生难忘。

行驶在七十二拐那蜿蜒盘旋的盘山公路上，透过车窗，一座座形态各异大放异彩的山川起伏跌宕，纵横交错。这里也属于最美318公路段的重要组成部分，直觉告诉我，在藏区的最美 318 公路上完完全全可以轻轻松松找到调色板的各种色谱，并且绝对是世界上最全最完整的。光连绵的山脉就已经色彩各异了，即便是相邻的山脉，抑或是同一座山的不同部位都会呈现出完全不同的形态和色彩，着实令人惊叹不已。

　　不禁会想，如此旷世奇景当年是如何修建完成的。在天路七十二拐观景台的介绍里，我看到了答案：半个多世纪以前，一群英雄儿女，放弃了眼前的安逸和幸福，毅然踏上了充满艰难险阻的伟大征程。他们有的出师未捷洒热血，有的疾病缠身壮志未酬别高原，历经种种艰难险阻筑就川藏天路。川藏公路东起成都西至拉萨，全程 2400 多公里，沿途穿越横断山脉和高原腹地，平均海拔 4000 米。位于八宿县境内的七十二拐和怒江天堑是川藏公路的重要组成部分，充分展示了四十多年前，十八军筑路的艰辛和英雄壮举，至今，怒江的石崖上还留着"怒江两岸出英雄"的题词。1950 年的青藏高原没有一条现成的公路，连一张完整的地图都没有。据《西藏始末纪要》记载，一位探险家对西藏的地理描述是：山有千盘之险，路无百步之平，乱石纵横，人马路绝，艰险万状，不可名态。目睹盘山公路的壮丽景色，我们当铭记革命英雄的奉献，以及他们给世界屋脊带来的万里春色和吉祥霞光。

　　车子已驶出很远，透过车窗回望观景台，每盘旋行驶一圈，它都在缩小，直到我到达了海拔最低处，它几乎就不可见了。我心中升起阵阵的欣赏与惊叹，欣赏整个山脉家族的壮丽、壮美与壮观，惊叹大自然的巧夺天工美轮美奂，赞赏地球母亲的幅员辽阔和曼妙多姿。这一刻，别无其他，只想把我心中的爱与祝福、欣赏与赞美献给我如此深爱着的地球。

阻止人们幸福的是什么

复旦大学的陈果教授在幸福哲学课上说，当你有五十万元的时候，请你活出五十万元的极致人生；当你有五十元的时候，请你活出五十元的极致人生。

在青藏高原翻山越岭，看到那么多在路上的人们，越野车、房车、摩托车、自行车，徒步、三步一叩首的朝拜藏民等，虽然面孔陌生却总感觉亲切。想起了陈果老师的话，完全就是这样，每个人的幸福是不一样的，是独特的，活出那份生命的极致，收获内心的满足就是此生在地球上最值得的事情。

然而，在科技高速发展的今天，一切那么便利，动动手指就能吃上美味的食物，房子冬暖夏凉，洗衣机不但能洗衣服还能烘干衣服，扫地机器人会帮你打扫卫生，衣食住行网上都可以搞定，飞两个小时就可以到达另一个城市。明星可以选择飞到其他国家的广场去喂鸽子，超级富豪可以选择定制火箭前往月球，孩子为了一根棒棒糖就能开心好久，婴儿在哪里都是喜悦的，外出的人们吃上一顿家乡菜都备感幸福，上师因为每一个全新的当下就已经活在天堂等。可见幸福于每个人而言是那么不同，如此不同。

是什么影响了人们对幸福的感受，最大的阻碍是什么呢？答案是：比较。

以下的话我们都不陌生，"谁谁谁家的孩子又考了多少分"，"谁谁谁又买了新房子"，"谁谁谁又升职加薪了"，"谁谁谁都结婚了"，"谁谁谁都生孩子了"，"谁谁谁还那么年轻"。

谁谁谁……

你看，多么熟悉的话语，从小到大我们就被灌输这样旧有的思想，以致我们误认为这就是真相，结果却是，年龄越大，拥有越多，却离开心和幸福越来越远。

孩子从不这样看待，孩子什么都没有，却每天都是开心的、幸福的。孩子从不去盲目地比较，他享受他已经拥有的，可能是个玩具小车，可能是个沙滩，可能是个石堆，可能是个小宠物，可能是大自然，可能是条小溪，可能是片小水洼，可能只是一根棒棒糖……无论他拥有的是什么，他都会在那个拥有里极致地去探索、去体验并获得当下的喜悦和享受，总能让自己开心。这是每个孩子与生俱来的本领、内在的天性。而无论我们是谁、年龄多大，我们的内在深处都仍然拥有那份与生俱来的天性和本质，那便是：享受此刻所拥有的，可能是个房子，可能是生意，可能是趟旅行，可能是在徒步，可能是身边的伴侣，可能是杯咖啡，可能是一顿饭，可能是在喝茶，可能是在撸猫，可能是在送孩子上学，可能是在约会，可能是在打牌，可能是在农耕……无论是什么，我们都可以让自己脱离那份"比较"，极致地去享受那份拥有。

此刻，我拥有和千寻宝宝在一起的时光，我就确保自己极致地享受我与他在一起的点点滴滴；此刻我在吃饭，便极致地享受我拥有的食物；此刻我在工作，便极致地享受拥有工作的时间；此刻我与家人在一起，便极致地享受和家人的时光；此刻我在散步，便极致地享受身边的风景，用心去感受脚踩大地的感觉。当我全心投入每一个拥有里，极致地去享受时，就会感到满满的幸福和深深的满足。

真相是，幸福并没有统一的标准，就像食物一样，每个人都有独特的喜好和口味，极致地享受好当下所拥有的，你就是全世界最幸福的人。

本身吃一碗小米粥你感觉很美味、很幸福，是那份比较之心，认为别人吃鲍鱼才叫幸福。

本身走在乡间小野，你感觉很宁静、很惬意、很幸福，是那份比较之心，认为别人在马尔代夫才叫幸福。

本身住在三室一厅的房子里，你感觉很舒服、很温馨、很幸福，是那份比较之心，认为一定要拥有别墅才叫幸福。

本身住在民宿客栈，有充足的热水洗澡，有可口的饭菜果腹，你感觉很温暖、很幸福，是那份比较之心，认为住在五星级酒店才叫幸福。

本身拥有别墅豪车，你感觉很享受、很幸福，是那份比较之心，认为一定要是海景房，并且要拥有几套才足够才叫幸福。

本身生意做得很好，你感觉很自由、很幸福，是那份比较之心，认为生意好就一定要快速扩张，多开公司抢占更多市场才叫幸福。

就是这样永无止境地和一个又一个唾手可得的幸福擦肩而过，永远去到"比较"的方向。要么总是不自信，认为自己不如别人；要么总是很自负，认为自己比别人强，高人一等。无论是哪一种，实则都不是真正的自信，真正拥有自信的人是勇于追随内心的声音，成为自己想成为的人，在那里永远没有比较。因为，你本身就是世界上最珍贵的、最独一无二的，永远如我们每个人的指纹一样珍贵和独一无二，没有可比性。

然乌湖边的狂欢

抵达然乌湖已是傍晚时分，刚下过雨的湖面出现两道清晰美丽的彩虹，然乌湖用它独特的方式对我们的到来表示欢迎和庆祝。远处的山峦披着薄雾，在夕阳的照射下呈现出轻薄恬淡的浅橙色，充满着迷幻的梦境感，美得仿佛不在地球上。

然乌湖位于西藏自治区昌都市八宿县然乌乡，为藏东第一大湖。湖面海拔 3850 米，下游坐落着漂亮的湖景酒店，是一幢幢独立的房子，全玻璃钢架结构，屋顶有推拉装置，夜晚可观赏然乌湖的星空。整个酒店区域内的道路全部是木栈道铺装，沿着木栈道走下去便可到达然乌湖边。静静的湖面与雄伟壮观的群山相依为伴，尽显祥和宁静之美，时值雨季，湖水呈灰绿色，亚格说，然乌湖的湖水在不同季节会变幻出不同的色彩，有些季节湖水会呈现出蓝色，配上巍峨的雄山或白雪皑皑，那又是然乌湖完全不同的面相和诠释。

清晨，天气晴朗，我们来到然乌湖的中游。车子停在山坡上我们静观然乌湖的绝代风采，湖面依然平静，对岸的高山更显雄伟壮观，从左到右每一座都是完完全全不同的形态和色彩，顶峰处有终年未化的积雪覆盖，在蓝天白云的映衬下，尤为惊艳，不时引来游客的驻足和欣赏。我坐在一块安静的草地上仔细端详着眼前的一切，满足地饱享着大自然的馈赠。群山脉络清晰，欢快鲜活，壮美至极。闭上眼全然地去感受它，让自己自如地吸收它吐纳的日月精华，睁眼的那一刻，仿佛这里只有我和它。

有了这样亲密而深刻的连接之后，我更想体验与它狂欢的快感。走向房车时，车子已支好了遮阳棚，摆放了桌椅。语佟用蓝牙音箱播放音乐，跟随动感的节奏，我和语佟自然地进入舞蹈狂欢，千寻宝宝和姥姥也爱极了热闹的舞动，他在姥姥怀里迫不及待地手舞足蹈。不跳舞的人们选择在湖边漫步，或静坐，或拍照，或做瑜伽，或和天空玩各种亲昵的姿势，无不表达着内心的欢喜和雀跃。

在这里相遇的人们，无论是自驾房车、越野车，骑摩托车、自行车，或是徒步，都会彼此真诚地问候和祝福，来自五湖四海的同胞短暂地相遇，给美丽夺目的然乌湖带来了无尽的欢声笑语和温馨陪伴。

千寻宝宝在路上

距离千寻宝宝上一次的长途旅行已经有半年了，这一次是那么不同，出行方式不是飞机而是长途自驾，并且是在纯户外纯自然的青藏高原，于孩子、于老人、于我都是不可多得的宝贵经历。亚格说，他带过很多次户外行程，这一次有他所做过的领队行程安排中，年龄最小的以及年龄最大的队员，分别是千寻宝宝和千寻的姥姥。

线路选择的是著名的滇藏214、川藏318线路，云南出发，到达拉萨。从丽江出发时，千寻宝宝已经十一个月大了，我也不清楚他在长途车上会是什么样的表现，只记得他四个月大时在俄罗斯贝加尔湖的途中睡觉比较多，现在会是什么样呢？于我也是未知和全新的经历。

第一天，从丽江出发，到达香格里拉，徒步游览了著名景点虎跳峡，千寻宝宝表现得非常棒，仍然和小时候一样，吃饱肚子，在车上玩，玩的时间比小时候更长久。玩累了，竖抱躺在我肩上拍一拍，一会儿就睡着了，山路颠簸，他反而睡得更香。同时，他几乎都可以独自睡觉了，睡着以后，便让他平躺在座位上，我坐边上护住安全，他一觉可以安稳地睡60—90分钟或者更久。

第二天，从香格里拉出发，到达梅里雪山，住宿在迪庆说打村，车程约 230 公里，经历了最高海拔 4292 米，住宿客栈的海拔 3337 米。千寻宝宝一如既往地向我展示了孩子、人类，或者说生命与生俱来的适应性，我从未预先给他灌输他会有高原反应的不适，我也从不给我自己和姥姥预先灌输我们会有高原反应的不适，相反，我对这场体验内心是满怀着热忱和期待的，并且知道我会非常安全并良好地适应。结果就是，我们祖孙三代人同行，非常轻松地适应了高原，没有不适反应。

有了前两天如此良好的铺垫，后面的行程就感觉更轻松似的，千寻宝宝和同行的伙伴也越来越熟悉了，互动得越来越多。他天生喜欢在大自然中畅游，喜欢和人们热情互动，这正遂他的心意，他总是无比开心，时常会自言自语地欢呼并伴随着手舞足蹈。偶尔，他也会出现哭闹的现象，可能是饿了，在等待着我冲奶；也可能是在车上待久了很想下车透气，这样的情况出现时，我也并不慌乱焦急，更不会指责他命令他不哭，通常情况下，喂饱他的肚子，用心地陪他玩玩，他的情绪都会得到有效的平复。所以，我没有感觉很累很辛苦，或觉得他是我的负担，我深知，这一切的一切于我、于他而言都是一场体验，是我要拥有好感觉的体验，因此并不会被外界的发生所牵制。事实上，千寻宝宝的整体表现是非常好的，我非常开心与他同行。

途中每天的住宿都不一样，有客栈，有家庭旅馆，有星级酒店，有 360 度的全景房，有湖边木屋，我没有择床的习惯，所以适应得非常好，极致地享受每一个不同的住宿环境，千寻姥姥和我也一样的适应。惊喜的是，十一个月大的千寻宝宝也同样如此，住在哪里他都拥有黄金睡眠，让我备感欣慰和轻松。

在路上的千寻宝宝是开心的、愉悦的，是充满惊喜和满足的，从他那好奇的、忽闪忽闪的眼睛中可以看到他的开心与满足、好奇与兴奋。走进大自然，与大自然亲密接触可以帮助孩子更快地成长，更好地适应不同的环境。你看，他酣睡的样子、满足的表情就是在告诉你，他可以，他的适应性很好。

这个期间的他需要添加辅食，在旅行中的辅食添加并不像在家里那么便利，因此以婴儿配方奶粉为主。车上时间较多，我选择少量多餐利于消化的方式喂养，适当搭配辅食，早餐的辅食多以清淡的食物，如大米粥、小米粥、馒头、面包为主，喂他吃也只是少量地喂，并不会让他吃太多。午饭的地方不固定，只要餐厅能做蒸水蛋，我就会喂水蛋给他吃；能买水果的地方，会让他吃些香蕉、苹果。晚餐不再吃辅食，直接以配方奶粉喂养。总体来说，他的饮食、适应、消化及吸收都是非常好的。

滇藏旅行期间，他的排便出奇地规律，每天早晨起床不一会儿，他会排便，清洗干净后再外出，一整天都不用担心他在途中排便的情况。

总之，给我的感受便是，随着千寻宝宝的长大，他开始懂得越来越多，好奇与兴奋度也越来越广，给他足够的耐心，带他是比较轻松好玩的事情。因此，我并不觉得麻烦，不觉得累，反而感谢途中有他陪伴的日子。

旅途中的意外插曲

　　早上十点钟从拉萨出发，约六个小时的车程到达纳木措国家公园，游览纳木措圣湖，以及纳木措的核心景区之一圣象天门，赏圣湖落日，最后回到纳木措国家公园的帐篷营地住宿，是今日的行程安排。

　　车子按导航规划路线顺利地到达了纳木措国家公园入口。纳木措国家公园是拉萨首座国家公园，位于拉萨市当雄县与那曲地区班戈县之间，面积为106万公顷，字面上不难理解，这里已是天空之境，足够大。一进国家公园入口，便被两岸的美景深深地吸引，宽广、辽阔，峰峦相映，道路蜿蜒，巨大的山体像极了覆盖着一块块大大的绿绒绒的毯子，在阳光的照耀下，呈现出深浅不同的颜色，光泽度非常饱满。山体很光滑，凹凸面及阴影的呈现极其清晰，美得有点不真实，仿佛画中的感觉，总令我想起《小猪佩奇》动画片里的猪先生一家经常开车行驶在类似的山坡上，欢快地把车停在山顶上的那一幕。

　　继续往前，我们看到了远处宽广而美丽的纳木措湖，给此刻山峦相拥的美景再添浓墨重彩，穿行在这样一望无际宽广的仙境中，很容易忘记时间和空间，只剩下人与自然、人与环境、人与天空、人与美景。盘山公路的最高海拔已达5190米，风景太美太震撼，我们完全没有高原不适的感觉，反而充满了兴奋与喜悦之情。

走着走着，我们发现导航圣象天门的位置有误，由于地处偏远，有些是无名小路，导航规划的路线并不精准，本身一个小时可以到达去往圣象天门入口的道路，此时已偏离大约三个小时的路程，行程就此打乱。旅途中的意外插曲，我并未有任何的焦急或对抗，于我而言，眼前的美景已十分震撼，我早已收获满满，上天不想让我们今日抵达圣象天门自会有它的道理，我也完全开心地接纳、臣服意外的插曲，并让自己就在眼前已经呈现的这一切里极致地欣赏和享受。因此我便不会与意外状况产生的情绪对抗和精力消耗，由于放下得很快，所以总是精神饱满，精力旺盛，能量充足。

　　当晚住宿的条件会比较艰苦，出发前领队亚格已经提前告知，到底怎样艰苦，只有到达了住处才能真正知晓。确实艰苦，在这样偏僻的藏北，物资并不充沛，住在蒙古包，五人同屋混住，铁板床，房间里没有卫生间，公共卫生间在两公里以外，天黑如厕都是露天解决，一瓶热水供全屋使用，洗漱非常不便。对于千寻宝宝，他没有任何评判和信念思想，所以，他欣然接纳了这一切，稍稍安顿一下他便香甜地睡着了。

　　对于现在的我，接纳这一切也很容易，带着一种不同的生活体验去经历它，并不赋予评判和对抗，相反更加珍惜和感恩我的生活、我拥有了的，带着这样的心情，我也很快睡着了。只记得半夜推门如厕时，满天的闪闪繁星，是真的铺满了整片天空，月亮特别明亮，周围还挂着一圈七彩的光晕。看到头顶这震撼的一幕，我笑了，群星闪耀，它们如此壮丽壮观，每时每刻都在陪伴着我。事实上，每时每刻，地球与它们同在，你我也与它们同在，因此，我们并不孤单，从来没有孤单过。

天边秘境——圣象天门

前日未抵达的行程，次日清晨顺利抵达，天气非常好，晴空万里，一切于我而言都是最好的安排，就是在这片少有人到达的地方，我欣赏到了最极致的人间美景。

圣象天门位于拉萨那曲班戈县青龙乡境内，圣湖纳木措北部的岛上。如果人们有机会和老西藏人聊聊天，就会从他们口中得知一个神秘的去处——圣象天门。它静静地藏匿于纳木措的北岸，隔着圣湖与神山念青唐古拉山对望，这是老西藏人心中深藏的天边秘境，仿佛穿过圣象天门这道门，就是一次重生，门的那一边，完全是一个全新的你，那里就是天边秘境的终极之所。我穿过圣象天门那道门，仿佛踏进了另一个时空，恍若隔世。

这里有着惊世骇俗的风光，站在高崖之上，神山的圣洁与庄严、湖水的湛蓝与荡漾，与天边最近的云朵连成一片，仿佛这里就是离天最近的地方，天地之间，水天一色，不知身在何处。站在圣湖岸边，眺望对面的念青唐古拉神山，山顶覆盖着皑皑白雪，阳光下整个湖面波光粼粼，一刻不停地闪耀着夺目的光辉。几乎很少有游客涉足这里，震撼人心的此情此景，很容易给人一种恍若隔世的感觉，抵达了世界的尽头，天边伸手可触，尤为壮观。

由于圣象天门属于尚未完全开发的原始景区，从纳木措国家公园的营地帐篷出发需要两个多小时的车程才能抵达这里。没有修建成型的路，多为山路或土路，我们盘旋在一座又一座的高山之间，在这里，有一种进入无人区的感觉，四周荒芜寂静，除了阳光与风做伴，远山上牧群与草地做伴外，很少有人烟，极少会遇到同行的车辆或出现与对面的车辆相会的现象。在藏北无人区，有这样的路可以走，已经是很幸福的事情，路虽坎坷颠簸，景却令人叹为观止。

偶尔有几座山脚下会有几户或十几户村民的房屋，虽然已是极其偏远的山区，手机没有信号，但每户村民的房顶上都插着鲜艳的五星红旗，在阳光的照耀下格外耀眼，鲜红的旗帜飘动在空中倍显威严。整个藏区，这都是一个普遍的标志性景象，即便这里已接近无人区，这一无声的举动却令人备感亲切。虽然网络信号未全覆盖，但一根根高耸的电线杆早已根植大地，它们翻过一座座高山，越过崇山峻岭，为这里为数不多的居民送电。身为中国人，来到在祖国的边陲，看到这一壮举着实备感欣慰和感动，真是在任何地方都能感受到祖国的温暖与强大，民族的富强与团结。

千寻宝宝看到牧群，会趴在车窗边嗷嗷直叫，兴奋地喊出他对大自然的喜爱与敬畏。这一路的美景美境，相信他用自己的方式在感觉在吸收，同时这也极大地刺激了他的感观发育及视野吸纳度。

孩子的适应能力远超乎成人的想象。纳木措的山峦除了弯度大，坡度也极大，最高海拔约 5190 米，千寻宝宝的状态及表现却极好，除了眺望窗外的美景和牧群，在车内玩玩玩具，吃些零食，很多时候他困了就会在车里静静地睡觉。这一路对他似乎丝毫不费力，他总是轻而易举欢天喜地地迎接适应到来的这一切。

绝美圣湖——羊卓雍措

羊卓雍措，人们简称羊湖，是西藏三大圣湖之一，从谷歌地图可以清晰地看出羊卓雍措像珊瑚枝一般，因此它在藏语中又被称为"珊瑚湖"。它位于西藏山南市浪卡子县，与纳木措、玛旁雍措并称为西藏三大圣湖。"措"在藏语中意为"湖泊"。

羊卓雍措湖面海拔 4440 米，观景台海拔 4998 米，湖面静怡，呈蓝宝石色，在云朵的映衬下，显现出深浅不同的宝石蓝，镶嵌在两侧的山脉间，和谐而完美，宽广而宁静。蜿蜒的公路盘绕在山体之间，由低至高，到达 4000 多米的海拔高度，一览山与湖的交相辉映，湖光山色之美冠绝藏南。

天气非常好，晴空万里，一切静悄悄的。近距离地待在它身边，能清晰地感受到它是如此鲜活，如此自信，肆意地展示着它的美丽与独特、清澈与纯洁、端庄与厚重。湖边仅有的村庄升起袅袅炊烟，村庄下翠绿与橙黄色相间的农田守望着这片圣湖，更显得灵动、活泼。

我趴在观景台静静地感受着山与湖的亲密陪伴，蓝天白云纯净无瑕，阵阵微风吹动裙摆，阳光洒在背上暖暖的，远处的雪山隐约可见，不远处的游客们尽情展示着自己的笑容与身姿驻足留影，无论人们是怎样的形式，无不都在表达着喜悦与欣赏。羊湖则怡然自得地徜徉在此，迎接人们对它的赞美与喜爱，它早已把圣洁的祝福和温暖的拥抱给到了在此的每一个人。

之所以被誉为圣湖，是因为它如此宽广而宁静，壮丽而深厚，纯净而清澈。当敞开身体的五感去静静地感受它，待在它身边时，头脑完全空了，感观变得极其细腻，能感受到万物都同时存在于这广袤无垠的空间中，没有了时间，没有了空间，没有了彼此。你的内心与这份深沉的宁静和巨大的存在同在，你感到莫名的舒畅，身心愉悦，会涌起对天地日月滋养万物的感恩，内心感到深深的满足和完整。

中国最美公路，此生必走 318

通常自驾进藏的路线有"川藏""滇藏""青藏""新藏"，分别从四川成都、云南丽江、青海西宁、新疆进入西藏。

每条线路景致不一，行驶途中都会汇聚到 G318 上。G318——中国一条伟大的公路，堪称世界级的人文景观大道，在 G318 首个属于中国的世界级公路发布会上，中国公路文化的传播者李克崎先生详细介绍了这条伟大的公路。

　　G318 沿着地球神秘的北纬 30 度纬度线扩展延伸，北纬 30 度线是贯穿着世界上许多著名的令人难解的自然及文明之谜的所在地。比如，恰好建在精确的地球陆块中心的古埃及金字塔群，神秘的北非撒哈拉沙漠达西里的"火神火种"壁画，约旦死海，巴比伦的"空中花园"，传说中的大西洲沉没处，以及令人闻风丧胆的"百慕大三角区"，让无数个世纪的人类叹为观止的远古玛雅文明遗址等。而 G318 正是沿着这个神秘的北纬 30 度线扩展延伸，让这条本就属于奇迹工程的伟大公路披上了更神秘的面纱。

　　G318 是一条非常典型的山地旅游公路，有着齐全多样的景观类型。全世界十四座八千米以上的山峰中的四座在 G318 沿途不远处，分别是马卡鲁峰、卓奥友峰、珠穆朗玛峰、希夏邦马峰；沿途四千米以上的山脉超过了十座；沿途知名的山脉冰川超过三十座。沿途还有湖泊、山脉、峡谷、冰川、原始森林、地热温泉、高原草甸等，自然资源非常丰富，几乎涵盖了所有类型的自然景观。G318 跨越了中国的八个省份，惊、险、绝、美、壮、奇、灵，都是它。

　　这条伟大的公路承载着一种雄性、担当和力量，给了人们众多的历练和希望，引领我们走向生命的宽广和无限。它是大自然和历史恩赐给中国人的最美景观大道，是一条鲜活的生命线，串联起沿途生活着的不同民族，以不同的姿态烙印在每个人心中，是多元文化簇拥下的公路，它配得"国民公路"的称谓，更是一条此生必达的路。

本次滇藏自驾，同行者年龄最大六十三岁，最小十一个月，从烟雨古城丽江出发，需要翻山越岭，横跨急流，路过香格里拉、虎跳峡、雅鲁藏布江大峡谷、梅里十三峰、纳帕海、邦达草原、然乌湖、鲁朗林海、米拉山口、布达拉宫、纳木措、圣象天门、羊卓雍措。途中雪峰林立，山峦跌宏，一路赏山川与峡谷共舞，蓝天与白云相伴，林海茫茫，层林尽染，眼睛所到之处，无不吸引着更多的人们去拥抱它、亲近它，从一次到多次，无数自驾者、骑行者、徒步者都心生向往，乐此不疲，流连忘返。

这一路，我收获了无数的惊喜与奇迹，眼睛无时无刻不处在梦幻般的天堂里，惊、险、绝、美、壮、奇、灵，就是我的感受，而一路有妈妈和千寻宝宝的陪伴，更显珍贵与温馨。祖孙三代穿行于此，每个人都收获了属于自己内心的礼物。我珍视这场无比美妙的人生体验，它不仅扩张了我的感观，更扩展了我的生命维度，让我拥有了更多内在的力量去迎接生活中的未知、好奇与探索。

本篇部分文字摘自康巴传媒《此生必驾318，中国首个公路IP在世界之巅全面发布》

高原反应

最大的高原反应是在身体去到高海拔地区之前，就已先入为主地给自己注入了很多关于高原反应的各种恐惧、压力，以及身体各种不适的思想信念，并让这些思想信念牵引自己。

此篇特别想说，我们要做的刚好相反，是确保自己去到高海拔地区之前，不要被高原反应的幻象先入为主地牵引往。事实上，你与高原的体验还没发生，意味着是全新的体验，没有发生就还没有产生体验，没体验过的事情，高原反应这一说法当然是不成立的。除非你相信在你身上一定会发生高原反应，你相信的你就会把它创造出来。所以，给自己什么样的思想很重要，非常重要。

滇藏之行，妈妈六十三岁，千寻宝宝十一个月。从云南丽江出发到达西藏，途中经过多座山脉，最高海拔5190米，其次高海拔有4900米、4200米，有几晚住宿海拔3500~3700米，奇迹的是，我们三人均没有产生高原反应的身体不适。尤其是千寻宝宝，他完全保持他自己的节奏，吃吃、玩玩、看看、睡睡，睡醒后的样子活力四射，连续很多天都是这样，在他身上没有高原反应的丝毫征兆，这让我看到生命那顽强的适应性及自我调整的适应能力。

之所以我们老中幼三代人适应性好，没有高原反应，我分享两点较为关键的心得。第一，请不要事先给宝宝传递各种担忧焦虑和恐惧不安，前面很多的篇章里都讲了，孩子的感知能力超级敏锐，他会清晰地感受到抚养者投射过来的各种情绪，并观照出抚养者的状态。这一点是非常精准的，看似抚养者在关心担忧宝宝，恰恰反射出的是抚养者自身所处的心境，所以，最佳的做法是，确保自己的情绪状态是饱满的高昂的，是开心的愉悦的。自然地，在你的言行举止中就会向外界投射出这种饱满高昂、开心愉悦的精神状态。宝宝像是一台敏锐的接收仪，时刻反射出大人的状态，这一点非常重要。

第二，一定要保证充足睡眠。睡眠是一个养精蓄锐、补充能量令人精神焕发的重要过程。旅行中翻山越岭，舟车劳顿，有一个良好优质的睡眠是第二天精力充沛的前提保障，如果没有休息好，在平原地区人也是无精打采的，更别说在青藏高原了。所以，我依然保持在家的作息，陪千寻宝宝早早地就睡了，清晨六七点就起床，他和我还能有充足的时间认真吃早餐。这些都给我的身体提供了充分的保障，因此，一整天我都精力旺盛，活力十足。

就是这样，在我身上、在妈妈身上、在宝宝身上均没有出现高原反应的不适感。整个旅行，我们尽情地享受着大自然的恩赐，眼睛饱尝着天堂的饕餮盛宴。

当然，每个人的体质和身体表现是不一样的，没有高原反应可以更加轻松自如地享受旅途中的每一份体验，然而，因人而异，但即便是途中有了高原反应，也不要过于慌张，毕竟在内陆平原生活惯了，去到青藏高原身体会有一个适应的过程，出现一些细微的变化是正常现象，给身体足够的信任，它是可以调整到位的。加强休息，减少不必要的精力消耗，同时，视情况吸入一些新鲜的氧气，都是可以的。同时告诉自己，此刻出现高原反应了，不代表下一刻还有，更不代表明天还有，这一切都是正常的，我的身体非常强健，它正在积极地调整适应呢。

　　无论如何，西藏有着全世界最纯净的天空，那里的神秘、圣洁，值得每个人此生踏足。那里雪山神奇，草原辽阔，湖泊宁静，河流奔涌，天空湛蓝，云彩洁白；有天边圣湖纳木措，有世界第一高峰珠穆朗玛峰，有除了南北极以外最大的冰川普若岗日，总之，有太多太多我们闻所未闻，或者闻而未见的瑰丽奇景在敞开热情的怀抱，时刻等待着人们与之相拥。

放下年龄的幻象

　　如果你觉得你老了，身体就会匹配你的思想，表现出老了的状态。同样地，永远是思想在先，思想主宰行为发展。

　　三十七岁的时候我给自己过了一个非常隆重而赋有仪式感的生日派对，有礼仪公司制订生日派对的方案，并精心装扮派对会场，现场高雅温馨，精致浪漫，朋友们、家人们欢聚一堂为我庆生，我收到了很多鲜花、礼物和祝福。那是我为自己举办的第一场生日派对，长那么大除了给孩子过生日，给家人过生日，给公司搞活动仪式、联欢酒会等，还没有认真给自己隆重地过过生日。

　　在那个圆满而精彩的生日派对之后，我做的决定是，以后的每年不再过生日了。那时我已经开始走向活出全新的生命以及不同面相的绽放人生，我深刻意识到年龄是一个很大的信念和限制，会深深地牢固地限制住人们的思想和行为。

这个不行，那个不能，抵抗力弱，需要吃药打针，我年龄太大了，我年龄太小了，我干不了，我做不到，我不会，我老了……总之都是自己给自己定义的限制性行为标签。

而我不再过生日，也更不会轻易给自己贴上这样的标签，我意识到年龄是幻象，不是过好生日才是爱自己、才是幸福，我的根本目标就是让自己活好余生里的每一天，并不在于过什么形式的生日。地球上的每个人，过好每一天，是很简单、很容易高质量实现的，当我过好了每一天，我便过好了每一年，从而过好了一生。

这个决定和举动于我而言太棒了，滇藏之行是再好不过的印证和说明。首先，妈妈六十三岁，她没有这样那样的限制给自己，在香格里拉虎跳峡的徒步行程里，她发挥超级好，完全赶超年轻同伴的身体，身轻如燕。在青藏高原的高海拔地区，她的身体持续地良好发挥，辗转腾挪，衣食住行，她都应对自如。

其次，我的身体表现更是有过之而无不及。在香格里拉虎跳峡的户外徒步行程里，我是背着千寻宝宝一起穿越徒步路线的，整个过程进行得相当好，非常顺利。同行的小伙伴们看见我抱着宝宝还能这样自如，都惊呆了，称赞我就是英雄母亲。事实上，我并不追求去做所谓的英雄母亲，只是用心地走好脚下的每一步，和那个步伐在一起，和身上的宝宝在一起，和那片大自然在一起，如此，我的内心是轻松愉悦的，我知道我可以做到。同样地，在青藏高原高海拔地区，我的身体适应就像孩子一样，完全没有限制，是自动自发的调节和适应，这给我带来了非常轻松非常轻巧的身体素质，让我拥有了滇藏之行如此完美激动人心的体验。

内心无比惬意，当我没有了年龄的束缚来限制自己时，我的身体完全就是无限的，是充满激情与活力的。它可以身轻如燕，可以绵柔似水，可以强健如钢，可以活力四射，没有这样那样的不适，完全像个孩子，充满好奇与活力地迎接每一个全新一天的开启。

日光倾城——拉萨

九月的西藏，人间的天堂，最丰富的色彩，都毫无保留地铺在阳光最慷慨的地方，它日光倾城，却也舒适清凉。清晨的阳光斜照在街道两头的山顶上，穿过山顶照耀着山脚下的整个城市。街头凉爽而清静，藏族同胞们穿着各样的服装，手里无不拿着手串在一颗一颗地拨动着念珠，转经筒在另一只手里进入惯性的转动，嘴里默默地或小声地念经，非常祥和而专注地行走在大街小巷。

如果是接近布达拉宫的路口，经常还会遇到朝圣之路的信仰者用心而专注地跪拜和叩首，还有很多人对着布达拉宫静默，和平鸽在布达拉宫的上空盘旋飞舞，在这庄严而神圣的圣殿旁，莫名地会触达内心的柔软，变得不想说话，感受情绪的涌动，想流泪。我知道流泪本身就是心灵的一次洗礼，所以并不会控制自己的情绪涌动，自然而然地想流就流。然后你会去到一种清爽和喜悦里，拥有孩童时的纯粹和活泼。

这就是拉萨的清晨。我喜欢清晨在街道漫步的感觉，感受不同城市的文化氛围，喜欢这里安静的画面，喜欢藏服及饰品的民族元素，喜欢藏辫的古朴和野性，喜欢梦境中都带着神秘的色彩，喜欢八阔街窗棂上的彩绘，喜欢很多手工原创的作品，喜欢唐卡的细腻和色泽的饱满，喜欢坛城的富饶象征着地球，喜欢坛城的寓意——放下才能通达广袤的极乐世界，喜欢孩子们纯洁闪亮的眼睛、纯真无邪的笑容、强健自然的肤色，喜欢年长者脸庞的皱纹和那高原红的肤色，喜欢藏语歌曲那宽广而辽阔的音符，喜欢祖国的壮丽山河幅员辽阔。

这座城市有着完全不同的属性和视角，靠近它、感受它、经历它，仿佛跨入了不同的时空次元，像天堂一样的神秘之地。这里的阳光、佛殿、经幡、诵经声、朝圣者，最纯粹的信仰、最美丽的笑容、最神秘的梦境，正是那完全不一样的生命体验，吸引着更多的人们走进西藏，感受灵魂和身体同行的别样世界。

旅行的开始与结束

人们习以为常地认为，旅行是从到达目的地才开始的。然而，旅行真正的开始，是从有了旅行的想法就开始了。那个想法就像一粒种子种在了地里，所有的安排及准备就像是给种子浇水施肥一样，收拾行李，整装待发，在车上、在机场、在飞机上、在大巴上、在吃饭、在洗手间、在不同的景点、在不同的酒店等，这些都是组成整个旅程的一部分。所以，我总是会自我觉察，让自己这样思考，当我这样思考的时候，我的每一刻都变得鲜活起来，没有只有目的地，而忽略过程的感觉，反而，每一个过程我都珍视它，积极地参与在每一个过程里。有趣的是，过程没有那么乏味了，没有了比较，说这个好，那个不如这个好等，一切都变得特别有趣好玩而珍贵了。

同样，旅程的结束，不是那个景点的游览结束就结束了，像旅程的开始一样，有一系列的安排及准备，这些仍然是整个旅程的一部分，我仍然会保持自我觉察，当我这样思考的时候，旅程的结束也变得无比鲜活。我不会那样想，"要是还没结束就好了"，"要是多待几天就好了"，"要是这个事情没有发生就好了"，"要是没有那个突发情况就好了"等。我会让自己全然地参与在结束的每个体验中，就像是我在体验景点一样。这一切的一切，每一个环节都是体验，是它们汇聚在一起，组成了我的生命，是这些不同的各个环节的体验，成就了一次次完整而完美的盛大旅程。真的好神奇，当我这样去想的时候，我真的对每一个环节都好珍惜，我看待每一天都是新鲜的，每一个环节的体验变得如此不同。我看到每一个环节的体验都在为我的生命扩张做贡献，而我只想全身心地把我自己奉献给那一个又一个的发生，全然地去体验这一切，就像化身成了新生的婴儿，看待一切都是新的、美好的、好玩的、有趣的。

2

第二章

轻松育儿活成辣妈

《嘘！你是无限的》是一本轻而易举就能读懂的书，截取生命片段中的点滴育儿感悟，没有华丽的辞藻，简单实用，却力量强大。用心感受，你就能做到并收获属于你的力量与奇迹。

我们每个人，从出生到生命结束，是一段宏大的、美妙的、精彩绝伦的生命旅程，全程都需要每个人的用心参与，特别是新手妈妈遇到初生宝宝。他刚出生，你就不要说，现在好小哦，等长到三个月就好了；他三个月大，你就不要说，现在好小哦，等会吃饭就好了，等会说话了就好了，等会走路了就好了；他会走路了，你就不要说，等再大一点上学了就好了……仔细看一看，全是古老的陈旧了的观念，事实上，每个时期都是转瞬即逝的，那么珍贵、那么独一无二、那么精彩、那么美好，并且都终将会转瞬即逝。用心活好每个当下，全然体验与此前不同的生命角色，就会收获属于那个期间独有的不可思议的体验与惊喜。

当你跟随生命内在本能的指引与宝宝相处时，你会发现不需要再盲从育儿专家就能养育好你的宝宝。

所以真相是，每个妈妈百分之百都是顶尖的育儿高手，内在本就拥有这样的本能。你要相信并使用你与生俱来的作为母亲的力量和内在本能，去允许并拥抱一切的美好。

感恩宝贝们选择我们做他们的父母

感恩宝贝们选择我们做他们的父母，每时每刻宝贝们都在给我们做出巨大的生命贡献。

成年人靠很多外在的追逐和拥有才获得少量短暂的开心快乐，而孩子天生就有开心快乐的属性，每时每刻都活在开心快乐里。他们的快乐完全不取决于、不受控于外在的拥有。

这是值得我们去看见的真相，并加以学习和效仿的。准确地说，并不是学习和效仿，而是通过孩子，寻找并忆起这个最初的真相——我们本就拥有开心快乐的属性。实际上，每一个人在降临地球的时候都完完全全拥有开心快乐的本能，只是被旧有的负面信念系统所覆盖，渐渐地遗忘了这是我们的根本和初心。

慢下脚步，去除评判，只是去做，只是和你所做的任何事情和发生在一起，与之合一，你就会重拾儿时的开心与快乐。那是在每一个当下所拥有的圆满的体验和深深的满足，不是外在的拥有和追逐所能给予和填补的缺失。

无论我们多大，这完全与年龄无关，我们依然是婴儿宝宝降临到世界时的那颗心在跳动。事实上我们就是那个宝贝，那个被宇宙创造出来的精心打造雕琢，完美的、独一无二的、精彩绝伦的宝贝。

此生只活一次，任何时候，我们都值得用开心快乐填满生命。这是孩子教会我的。谢谢你，我亲爱的宝贝。

爱是一道光，照亮每一个人

无数次，我看着千寻宝宝安睡，他如此平和而深沉地睡眠，他睡得那么舒适那么享受，我抚摸着他的小脚，抚摸着他的头，情不自禁地给他传递了好多好多无条件的爱。对他说，宝贝，我爱你，感恩你来到我的生命里，感恩你选择我做你的妈妈，感恩你每时每刻都给这个世界带来了美好与奇迹，我称赞你如此优秀，欣赏你如此完美，发自内心地喜欢你。瞬间，我也被浓浓的美好与深切的爱包围，好滋养、好感动、好平和、好幸福，我知道并感受到，我给出什么，什么就会回流给我，如此强大，如此震撼！

一直在路上

整个孕期的大多时间，我都在路上。因为当生命走到那个阶段时，在路上就是我想体验的。

那时千寻宝宝还在我腹中，我们便一同去了很多地方，除了日常的工作外，我与他的足迹还到了美国、英国、迪拜、日本、巴厘岛、清迈等。民航总局规定，孕三十二周胎儿八个月大的时候不能再乘坐飞机，也是在那一天，我回到国内。

由于经常外出，体验沿途不同的壮丽风景，所以孕期的孕检就做得比较少，我也没有任何的担忧和顾虑，因为那时的我整个人的状态和感觉是非常非常好的，所以，当我是这样的状态和感觉时，我就很确信地知道，千寻宝宝在我的肚子中也是非常非常好的。因此，我愿意把时间更多地花在享受生活享受风景上，事实上，即便不是在路上，我也并不情愿频繁地去医院这样人多嘈杂的地方，对于我，这一切都是最好的安排，我愿意的我享受的，我就会确保自己去到那个方向更多。

记得孕八个多月时，那时腹围已经很大了，但我的身体依然还很轻盈，行动也很自如，甚至可以用身轻如燕来形容我。一个周末，郑州有一场丰盛舞者的舞蹈课程，我很想参加，便欣然前往，就这样，与腹中的宝宝完美地体验了三天的舞蹈课程，感觉依然很好。舞蹈的最后一天，在自由舞动中，我仿佛触及了天际，仿佛我就在云端，尽管现场舞动的人很多，但我仿佛置身于一个世外桃源般的空寂里，一切都是空，都在流动，都在共舞，实在难以用语言来形容那份强大的深层的喜悦和满足，真的就只剩下感恩和喜极而泣了。

一直在路上，让我越发感恩生命的宏大、纯粹、简单、喜悦、美好、神奇、璀璨，而每个人都有能力去触碰和拥有。并且我们每个人在地球上活这一世，真正重要的就是这些，值得我们更深地去感悟。

孕期的特殊体验

之一：跳伞

随着我内在的成长与蜕变，原本的很多旧有模式逐步脱落，开始带着探索与兴奋喜欢一些不一样的生命体验，比如高空跳伞、深海潜水等项目。

孕期不到三个月，我在迪拜学习的那次，预定了高空跳伞项目，这是我第二次体验高空跳伞，依然很兴奋，报名时充满着期待和喜悦。但与之前不同的是，那时我感觉好像怀有身孕，由于人在国外并没有接受医疗的检查确认。就这样，我跟随内心的声音和好感觉顺利地体验了跳伞，整个过程中没有丝毫的恐惧或担忧，身体各方面表现都非常好。也因此，我笃定地相信，一切都被照顾得妥妥当当，包括肚子里的小宝宝也是一样的，只要妈妈这个母体享受，宝贝这个客体在孕期自然也是享受的。

跳伞的全程可以完整地俯瞰棕榈岛这座人工精雕的岛屿，这座被誉为世界第八大奇迹，据说是在太空中都能看到的世界最大的人工岛。当在空中俯冲而下时，我感觉整个人把天空中的云朵都揽入了怀中，风在耳旁呼啸，教练见我状态很好，还带着我一起在高空盘旋了几圈。

要做到享受高空跳伞项目，放空自己的思想是很关键的，人在放空的状态下身体自然就是放松的，这时才能真正体验并享受到身体从高空下坠飘落的极致感受。当我下降到一定高度时，大大的降落伞已在空中撑起，稳稳当当地托住我和教练，一切都开始变得平缓而平静，摇曳在空中，感觉自己仿佛化身成了一只鸟，静静地翱翔天空。闭上眼，感受微风的轻拂、阳光的温暖，这是大自然细腻而温柔的一种表达，令人陶醉。不知不觉间，就跳进了整个棕榈岛大大的怀抱中，映入眼帘的是蔚蓝的大海，建筑和沙滩，整个过程令人心潮澎湃，激荡万千。

在迪拜，除了体验跳伞项目，还体验了热气球。相较于跳伞，热气球要平缓许多，当升空后，从高空俯瞰大地时，完完全全是另一番景象，会看到大地是一个整体，大大的整体，绿树、鲜花、动物、植物、人们都是大自然的一部分，像一个巨大的、生动的、鲜活的全息图在彼此互动着、贡献着。

分享这些，只是我的个人体验，更想给大家传递生命的无限潜能，帮助大家减少面对新事物时的深层恐惧。也请大家不要盲目跟随，要视自身的身体状况而定。

之二：潜水

在巴厘岛期间，那时孕五个月，身处海岛国家，特别想去深海潜水，于是就报了名。当工作人员看见我是孕妇时，有一些担忧，经过沟通，我顺利地体验了一次深海潜水。在这个过程中，我依然是很兴奋并满怀期待的，雀跃的我身体没有任何的不适和紧张。我便知道，只要妈妈是这样的感受，毫无疑问，肚子里的小宝宝也是这样的感受。

　　海底的世界寂静无声，越是这种深沉的宁静越能触碰并涤荡人们的心灵。身体随着海水的荡漾而荡漾，非常舒展，非常放松，能清晰地听见自己的呼吸声每时每刻在无条件地陪伴着自己。在水下，人体是失重的，会感到身体不受控制，完全漂浮的感觉，只有让身体全然地放松，放下那个想要去掌控身体的惯性思维，才能潜得像鱼一样自在自如。各种色彩斑斓品类繁盛的鱼儿与我同行；珊瑚海草礁石崖壁相互辉映，点缀着深不可测的海域；大海龟悠闲地徜徉在它广袤的家园，惬意无比；沉没的船只躺在那里若干年，仅有的骨架锈迹斑斑，挂满了青苔和水草，似乎在告诉人们，所有的热闹与喧嚣都终将归于永恒的空寂，人们只有在活着的时候才是真正地拥有生命的每一刻。

　　再一次，我亲爱的读者朋友们，这又是我在特殊时期的体验，与大家分享，是想传递，要信任自己的内在力量，而每个人内在的感觉是如此不同，请大家不要盲目跟随，一定要视自身身体情况而定。

胎教

记得，在一次海外健康主题的课程中，我的老师曾分享过当今社会前沿的胎教方法，其中最重要的一点就是把孕期还在肚子里的小宝宝当成一个已经出生了的宝宝那样对待，保持和他温柔地对话，比如，当先生走进房间时，可以告诉他："这是爸爸。看，爸爸下班回家了。"当有有姐姐走过来时，可以告诉他："这是有有姐姐，有有姐姐现在十岁了，她上四年级。"诸如此类。课间，一位同学，她曾在成都某知名医院从事妇产科工作多年，也与我分享了以上较为前沿的胎教方法。

我的心得和感受是，这很简单，很容易操作，最主要的，看似在胎教宝贝，可明明我和先生也感受到了浓浓的爱与滋养，为什么不做呢？

除此之外，让我们养成静心的习惯，并保持每天有属于自己静心的时间，不需要很久，五分钟、十分钟都是很好的。在这五分钟或者十分钟里，就自己和自己待在一起，只去静静地感受自己，感受生命的流淌，这会帮助我们回到平静享受的生命状态，极大地滋养身心。非常简单的做法是，整个人安静下来，感受自己的呼吸，感受自己的心跳，进入感觉，听风吹过树叶的声音，听流水流过的声音，听蝉鸣听鸟叫，去感受肚子里的宝宝，把爱和喜悦带给他，把祝福和欣赏传递给他，可以没有语言，只是静静地感受他与你在一起，享受那份独特的感觉。

我向你保证，静心之后，你会感觉到无比美好，前所未有地热爱你的生命，热爱你生命里陪伴你的一切。

关于静心，早已受西方人士的追捧，在疫情防控期间，也有大量有关医护人员带领大家集体静心的报道。静心的好处实在太多了，会让整个人进入深深的宁静、平和与喜悦的好感觉中。静心的过程也是将自己的能量与力量向内汇聚的过程，人的内在力量是无穷的无限的，通过静心能让自己的身心完全达到合一的状态。

你的内心感觉很好，很放松，很愉悦，你会更能捕捉到感知到周围的美好，那份美好不停地点燃你对生命的热忱与激情，赋予你前所未有的力量。

妊娠纹

孕中后期，宝贝快速生长发育，孕妈妈的肚皮很容易因胎儿增长过快而产生妊娠纹。对此，我的感悟是养成涂抹爽肤水、润肤霜或润肤油的习惯，轻轻地涂抹至吸收，肚皮皮肤会得到非常好的滋润，皮肤的弹性得到增强，自然不易长妊娠纹。

同时，心理暗示很有效果也很重要，我只是带着好感觉做这一切，不会去过度关注妊娠纹，或担心焦虑自己长妊娠纹。反而，我更多地会确认自己值得拥有健康完美的宝宝，值得拥有完美光滑的肚皮。每次看着光滑洁净的肚皮，我都心生喜悦，发自内心地夸奖欣赏它的美。

在心理学中，这叫自我暗示。这相当于我给自己发送了很多美好的祝福和正面确认，效果当然也是显著的。结果是，孕育两个宝贝，我均没有妊娠纹，孕育二宝时，我三十七岁。

两个有效减轻分娩疼痛的方法

孕九个月产检时，遇到非常温柔细心的产检大夫，她见我在孕末期状态特别好，便互动交流得更多一些。其间她和我分享了现在较为前沿的生育知识，分别是发声分娩法和催眠分娩法，这是一个线上的课程，两种分娩法我都非常感兴趣。

本身自成长探索以来，我对静坐、冥想、催眠是有极大兴趣的，也在这当中收获了难以描述的身心愉悦与内在力量，所以欣然接受大夫的分享。

详细学习下来，确实在我分娩时非常大地缓解了我的疼痛。

首先，催眠分娩法，主要运用的是，在疼痛来临的时候，深呼吸，让身体全然地放松，接纳疼痛的感觉，与这个疼痛在一起。同时，脑海中观想一些轻松舒缓的画面，加以缓解。摒弃了传统的分娩方法：孕妈妈拼命用力，不停地抗拒、对抗那个痛不欲生的过程，造成下身的撕裂。比如说，催眠分娩法会引导孕妈妈观想并自我暗示：你的子宫像一个温暖的、温馨的小床，宝贝在那里享受着甜蜜的睡眠；你的宫颈在慢慢地打开，像娇艳的花蕊，等待着宝贝来临；宝贝通过光芒万丈的时光隧道，微笑着一步步向你走来等。

　　发声分娩法在国际上已经有很成熟的案例，是一个专业的有效的助产方法，原理是利用自己的声带发出低而沉的声音，声音自身带有一定的振动频率，它会振动扩散到下身骨盆区域，形成大的共振与扩张，这样的共振可以让宫颈、产道得到非常好的放松和扩张，从而帮助宫口打开，并且减缓疼痛。很多案例中的孕妈妈表示，用这个方法，情绪很容易平静舒缓下来，而情绪的平静对于促进产程的帮助是非常大的，也更有利于稳定宝宝的胎心，并且这个方法很简单，妈妈们一学就会。这种方法不受环境、空间的限制，无论妈妈们在家里还是在车上，只要宫缩来了，都能用这个方法让自己立即放松下来。即便是待产中遇到一些特殊情况医护人员不允许孕妈妈活动、走动时，发声分娩法也能非常有效地帮助妈妈们去减弱宫缩的不适。

　　比如，临产前，宫缩的阵痛来临时，常规的做法是，孕妈妈们会哎哟哎哟地不停地叫唤，表情是相当难受的，疼痛难忍。而分娩发声法的做法是，选择发出"a，u，o"的低沉而绵长的声音。发声时，让气往下沉，气沉丹田再发声，让声音扩张出去，这时能明显地感受到身体的下部随着声带的发声在振动在扩张，同时，疼痛感非常明显地减弱，整个人不那么难受和焦躁不安了。我在临产前的阵痛过程中就使用了这个方法，效果明显，非常好用。

　　在体验自然分娩阵痛一天后，我选择了剖腹产，在这个过程中，以及产后的疼痛减缓及恢复中，我也继续使用发声分娩法，帮助自己减缓疼痛。具体做法就是带着感觉，和每一个体验在一起，去感受那个体验，而不是排斥那个体验，就是这样，就真的感觉不那么痛了，一切就好像只剩下了一份体验，这真的非常有趣，也非常神奇，如果你刚好是一位孕妈妈，一定要试，我保证它非常有效。

　　我只是在孕末期才有幸接触了这两种新颖的分娩方法，并没有体验过专业的助产师陪护。事实上，这两种方法在专业的领域都配备有专业的助产师陪护。助产师已成为一个新的职业，专业的助产师非常温柔，给人温暖有爱的感觉。比如，助产师会轻轻地抚摸着你，抚摸你的胳膊，抚摸你的头，抚摸你的背，让你慢慢地放松身体。"放松身体"实际上是一个相当重要的环节，因为，当我们的身体是放松的时候，身体的细胞和器官是松弛的、舒缓的，这样的放松状态更加有助于生产，并且会减缓疼痛，加快产程。而当我们的身体是紧张的、紧绷的，身体的所有细胞和器官则呈现收缩的状态，势必不利于生产，并且会加重疼痛感，拉长生产的过程。所以，通常情况下，医护人员普遍的做法是在语言层面，重复地强调或者要求或者命令让孕妈的身体放松，他们会说，放松身体，别动，不要动，用力，用劲！你看，这只是空洞没有温度的语言，在本身就紧张焦虑疼痛难忍的孕妈妈面前，力量是极其微弱的，或者说无法做到真正的放松，听了反而更加焦躁。而专业的助产师，会温柔地陪伴你，全程地爱抚你、呵护你，温柔体贴地抚摸你，那份温柔是透过眼睛、透过声音、透过温热的掌心传递给你、浸润你、流经你、温暖你的，自然而然地，你整个人便放松了。因此，减缓了你的疼痛、焦虑和不适，所以你感到了一丝轻松，进而加速了整个产程。

坐月子

关于"坐月子"，相信很多人都觉得这是一个充满限制并且七大姑八大姨会将各种恐惧担忧的信息频繁地传递给妈妈的特殊时期，全世界大概只有中国是这样特别对待的。

相信感觉，亲爱的读者朋友们，我依然选择相信我的身体，相信我的感觉，相信我的内在指引。我感觉好的就不会伤害到我的身体，这是真相，也是真理。记得很多年前看过武志红老师的一本书，叫《身体知道答案》，我们的身体就像一台精微的仪器，它绝对百分之百地知道答案，它知道什么是对身体好的，什么是不好的，答案就在每个人内在的感觉里，感觉是身体和主人沟通的语言。

所以，在我坐月子的时候，洗头、洗澡、通风、晒太阳、静坐或运动，这些对我来说很享受，会让我感觉很舒服，所以我做了，我也感觉特别好，那份好感觉自然也会传递到家人那里，传递到宝贝那里。试想，如果我都感觉很不好很不舒服，那我将没有良好的状态去对待宝贝，自然会造成彼此不享受、不滋养、焦躁的局面。

除此之外，当我不再过度关注人们传递过来的关于坐月子的种种恐惧的信息和限制时，我笃定地相信身体它本身就是充满智慧的，身体知道我想要的答案，因此，我和我的身体保持觉察和沟通，它总是清晰地告诉我我该怎么做，我想怎么吃。产后我的恢复特别好，三个月恢复到了孕前的体重，在这个过程里，我没有去刻意地减肥，或者参加产后塑形，或者要节食等，只是活在好的感觉中，一切就绪，该干吗干吗。

　　不管你是否相信，这就是我的真实经历。当你带着感觉，去觉察自己的身体，去信任自己的身体时，你的身体就会给你你想要的指引，而那个指引就是最适合你的。

月嫂

　　时下较为流行的做法是，去月子中心坐月子，爸爸妈妈把自己定义为一个新手爸爸妈妈，误认为自己不会带宝宝，带不好新生的婴儿宝宝，所以聘请月嫂来帮忙照看婴儿宝宝。关于要不要请月嫂，本篇不探讨哪一个更好或更不好，在我的概念里，没有好与不好，只是完全不同的选择和体验，每个人都有选择的自由和体验的权利。

　　关于此，我能分享的就是真实的自己。

　　曾经，我去看望朋友家的婴儿宝宝，那时婴儿宝宝刚出生两三天，还在医院的陪护产房里。当我第一眼看见他时，便心生欢喜，无限喜悦，看着宝宝的小脚丫，是那么可爱，忍不住地想摸摸他，亲亲他。事实上，他的小脚丫完全可以被我握在掌心里，仿佛握住的是难以形容的一份生命的鲜活与至高的喜悦。婴儿宝宝的肌肤是那么光滑娇嫩，软绵绵的，温润润的，眼前的这一切让我感觉很美好，他仿佛是一个发着光的天使在闪烁着，照耀着我的心灵。后来，就看到有月嫂抱着婴儿宝宝喂奶，喂完奶给宝宝拍拍嗝，拍完嗝，宝宝就继续睡觉了，月嫂把他放在小婴儿车上睡觉。很好的一个过程，没有哪里不好，没有哪里不对，可我的内心感觉似乎少了一些东西，事后我又去看，看那个缺少的东西是什么。答案是，缺少了一份妈妈与婴儿宝宝亲密的爱的交融与深层连接。宝宝在妈妈的子宫内孕育十个月之久，他早已习惯了妈妈的感觉、妈妈的心跳、妈妈的味道、妈妈的呼吸、妈妈的体温、妈妈的声音、妈妈的一举一动，那是一份深深的平和、安全与安宁，那是一份极大的满足和滋养，那是他的家，他心的殿堂，是爱的港湾。这份连接出生后依然保持着，存在着，每时每刻都维系着，虽然看不见连接是什么，但是妈妈和婴儿宝宝彼此是完完全全能清晰地感觉得到的，无法用语言描述连接是什么，但感觉可以完全知晓，感觉就在那里。如果将这份强大的浓烈的连接直接转交给陌生的月嫂来替代完成的话，对于婴儿宝宝来说，是亲密连接的阻隔和切断，同时，妈妈也缺失了这一份珍贵的初为人母的交融与体验，在这份交融与体验中，是有巨大的生命礼物存在的，等待着宝爸宝妈们去挖掘、去探索、去收获。

　　所以，我选择自己带宝宝，珍惜这次来到我生命的旅程，全然地参与新生命的出生、成长和养育的过程。在这个难得的孕育过程里，无数次地，透过千寻宝宝，我看到了曾经的自己，也作为一名婴儿宝宝来到这个精彩美妙的世界，每一个婴儿宝宝的降临都是给地球最珍贵的礼物，所以，我也是地球最珍贵的礼物；每一个婴儿宝宝都是那么完美而完整，所以，我也是那么完美而完整；每一个婴儿宝宝都是独一无二、精彩绝伦的，所以，我也是那么独一无二、精彩绝伦；每一个婴儿宝宝都是激情满满、开心喜悦、活力四射、兴奋好奇的，所以，我也是激情满满、开心喜悦、活力四射、兴奋好奇的。

　　他的每一个咿咿呀呀都在表达着喜悦与满足，他踏出的每一步都带着满满的开心与兴奋，他满怀热情与兴奋地投入每一天每一刻，从早到晚都是能量满满的，他那里只有爱与喜悦，平和与满足；他也只会流淌出爱与喜悦，平和与满足。

　　特别感恩千寻宝宝此生带给我的巨大贡献与洗礼，我收获了珍贵的礼物，让我对生命的真谛有了广阔的多维度、多次元的理解和洞见，这份理解和洞见每时每刻伴随着我，给我的生命注入一股又一股无形而强大的力量，支持着我，鼓励着我，赞许着我，让我一次次勇敢地迈向一个又一个的未知。正是在那份未知中，我收获了数不胜数的奇迹与精彩，绽放了不可思议的生命光辉。

　　经由此，我更加爱我自己，欣赏我自己，认可我自己。当我自己被爱填满时，我的爱满溢而出，朝向身边更多的人、事、物那里流淌，我更加欣赏身边的人、事、物，认可赞许身边的人、事、物。这份巨大生命礼物的获得，对我而言，是今生不可或缺的生命体验和洗礼。每一天，我看到我就是一个全新的人、全新的生命，充满了对生活的激情与兴奋，喜悦与和平。

谢谢你，亲爱的千寻宝宝，我如此爱你。你的到来，引领我成长，并让我真真切切地触摸到那个本就是完美、完整、独特、精彩的我自己。

我爱你我的宝贝，深深地爱着你。

半夜我在欣赏一只小脚

依稀记得，有一些夜晚我出于好感觉出于兴奋，在千寻宝宝吃夜奶睡着后，我却睡不着了。这种情形下，我选择接纳允许自己睡不着这个事实，并不会去否认、对抗它，而是主动选择做一些我喜欢的、让我在那一刻感觉好的事情。通常我会去到我内在的感觉，会去欣赏千寻宝宝，会去感受我的家，此刻陪伴着我的如此漂亮舒适的房间，去感受夜的美妙与静怡。静静地看着宝宝那非常宁静香甜的睡颜，看着他的眉眼是那么舒展那么平和，看着他的小脚丫那么可爱，握着他软绵绵的小手，我感受到非常多的爱在流淌，那是一种极大的满足和滋养，全部是爱的流淌。随即我分享到了朋友圈，说，"半夜我在欣赏一只小脚"，的确如此。

就这样，我似乎穿越到了我自己的婴儿时期，仿佛看到了婴儿宝宝时期的自己，也是如此可爱，浑身也是这样软绵绵的，温润润的，那么完美和完整，那么圆满和满足。

躺在床上，感觉自己被强大的美好与感恩的能量包围，感受着房间那么温暖那么舒服，感受我的身体那么完美那么健康，浅浅的音乐也在流淌着满满的爱，床、枕头、被子、灯、窗帘都在这里贡献着那份无私的爱，连被子的花纹都是如此鲜活美丽。我喜极而泣，生活真的很美好，一切都是圆满的，被照顾得那么好。我清晰地看到自己从出生以来，不管是哪年哪月哪一天，无论我身在何处，实际上都是被上天的爱照顾得那么那么好的，我心生感恩，无尽的感恩。

我爱我自己，经由这份爱与感恩在无限地扩张，我爱我周围的人、事、物，一切那么完美，那么美好，我爱我的生命，爱我生命里的每一天，每一刻。

妈妈的产后恢复

千寻宝宝出生时，我三十七岁，医生说我是高龄产妇，我并没有认为高龄产妇不好这样的信念系统。相反，整个怀孕过程，我的状态都非常好。

孕期我一直在职，无论是在上班还是休假，我整个人的状态都是非常轻松愉悦的，直到生完千寻宝宝，我辞去了原本优渥的工作。生产后状态也非常好，身体和身材恢复特别快，怀孕前的衣服很快就能穿了，很多人羡慕我是怎么做到的，于是便想到用这篇文字做个分享。

在持续的成长过程中，我学到并领悟了一个在生活中践行的很重要很重要的点，就是"活在当下"。这一点非常强大，学习成长后孕育、养育千寻宝宝，以及学习成长前孕育、养育有有姐姐是完完全全不一样的人生和心路历程。虽然相隔九年，但怀孕生产千寻宝宝的体验以及产后恢复比生大宝时更好，恢复更快。所以，一定要拿出来单独与宝妈们分享。

很重要的一点，不要把年龄作为一个很大的障碍限制自己，体检时医生说我是高龄产妇，要注意这个小心那个，然而我个人完全没有这样的焦虑和恐惧，所以压根就没给自己注入任何我是高龄产妇、我的身体素质不行这样的信念。往往旧有的惯性思维所传递的一切都是年龄大了，睡眠不好，不好恢复了，挂在嘴边的是，太胖了、少吃点、不出三个月你还不能锻炼等。而我是完全没有这些限制的，我听从身体内在的感觉，或者说我臣服于身体的本就拥有的智慧，很多时候我都忘了自己怀孕到后期了，行动不方便，我没有这样的想法，也因此，我的行动一直很方便，身轻如燕。

千寻宝宝出生没多久，我也很少想起我的年龄，不是说我刻意不去想，是我真的不在意也不觉得我年龄大了生产后就不好恢复，所以我自然而然地恢复得很快。由于我没有用年龄限制自己，也没有用刚生完孩子限制自己，所以，我觉得我可以运动我就会运动，散步、深蹲、跟着音乐舞动、跑步、跳舞等，我都会去做；有时候想跑，就在跑步机上跑个三五公里。我也不关注吃太多会胖，或者什么时候能瘦下来，我完全没有不接纳自己的思想，我对自己的状态是接纳的、允许的。我告诉自己，生命的每一刻都是与众不同的、稍纵即逝的，因此唯有在那个当下全然地体验那个当下该体验的。我不对抗自己的状态，然后没有限制，就是跟随身体内在的好感觉做运动。同时我的饮食比较清淡，个人口感偏好素食，就这样，很快我的身体就恢复到和孕前差不多的体重。

还有，我吃得也挺多，但也没有担心会发胖，反而饿得还挺快，后来我发现了，是由于我要抱宝宝，消耗热量快，同时，走路、舞动等都是在运动，也消耗了一定的热量，就这样，我恢复得很好很快。

在这里，还想和宝妈们分享的一点就是，要相信自己的感觉，身体是一台无比精微的仪器，要相信它的强大与智慧，所以，我会选择听从身体内在告诉我的感觉，告诉我吃什么让我感觉更好，做什么运动让我感觉更好。对于宝妈们也是一样的，选择听从你身体内在告诉你的感觉，你的感觉就是最适合你的，我的感觉就是最适合我的，这是真的，你试一下就会知道这是真相了。我也经常听到身边的朋友抱怨：都是妈妈让我吃的，都是婆婆让我吃的，我自己一点也不想吃。我会说，那是妈妈和婆婆在用她们的方式给你爱，不要去对抗她们，那样彼此都会不开心，只需要记住你有做自己的权利，可以真实地向她们表达你的心声，听你自己的感觉，身体不想吃就不要强迫自己吃。无论如何，身体内在告诉你的感觉比所谓的专业知识、权威机构或者妈妈婆婆告诉你的信息更管用，更适用于独一无二的你。

夜奶

八个月婴幼儿体检时，医生建议家长要有意地停止夜奶，培养宝宝整夜睡眠的习惯，以促进脑部发育。

我有试行，但效果不佳，可以说在千寻宝宝身上几乎行不通，于是果断放弃了，而继续保证夜奶的供应。孩子睡得很香甜，我总是形容他拥有黄金睡眠。

一岁婴幼儿体检时，医生再次强调建议家长要停止夜奶，培养宝宝整夜睡眠，可以从减少量减少次数开始。

这一次我没有再试，遵循孩子成长的天性和自然规律，允许他的夜奶需求。李雪老师在著作《当我遇到一个人》中有过这样的描述，孩子夜哭，因为需要你，有些婴儿经常会在夜半啼哭，于是就有专家出来指点，说夜奶频繁会导致婴儿睡眠不足，影响大脑发育，家长要给孩子戒夜奶。相信这种说法的妈妈们，试想假如你自己夜里饿了，或是被噩梦惊醒，是希望先生不搭理你呢，还是给你冲杯热牛奶，来个温暖的拥抱呢？婴儿和成年人不同，尚未建立稳定的客体关系，需要经常通过妈妈的抚慰来确认自己和妈妈的存在，就像照镜子一样，婴儿通过妈妈温情的容颜，映照出自己，感受到自己。有些"边缘型人格障碍"患者记不住自己和别人脸部的细节，因为他们原来很少得到妈妈深情的注视，即使看到妈妈，也常常是空洞无物的眼神。婴儿莫名其妙地夜哭、焦躁、惊恐，很可能是因为感受不到妈妈的爱与存在，应对孩子夜哭这件事其实很简单，顺着母亲的本能去抚慰他。任何违背人类本能的育儿法，都会带来人性的逆转。无论是孩子的正面行为，如微笑，还是负面行为，如哭闹，若都能得到及时而温暖的确认和回应，他就会感觉自己的双脚扎根大地，踏实而心安。他只是一个正常的孩子，一名婴儿，得到了本应得到的爱而已。

　　千寻宝宝自出生以来的睡眠习惯都是早睡早起，夜间平均四个小时需要吃一次夜奶（六个月以前吃夜奶的次数更频繁）。通常他饿了要吃奶的征兆是在床上不停地扭动或翻身，或者是开始啼哭。一看时间，非常准时，他该吃夜奶了，准备好奶喂他，他都不用起床，闭着眼睛躺在床上咕咚咕咚地吮吸，吃完就继续睡了。偶尔会出现那么一两次，吃完了还处在兴奋中不肯睡觉，我便抱抱他，在安静中给予他抚慰和温暖，不一会儿他就睡着了。所以，他吃夜奶的次数平均是每晚两到三次，有时候第三次夜奶接近天亮了，这取决于他前一晚是几点睡的。

作为妈妈，在与他相处的日日夜夜里，我感知到这既是顺应天性自然，也是轻而易举的养育之道。我与他都省心，并不影响他的睡眠，反而是吃饱后他睡得更香甜。如若我选择不满足他的夜奶需求，势必造成他哭闹不止，我与他都不能好好休息，大费周章，得不偿失。

所以，我选择跟随天性自然地养育他，轻而易举，乐得轻松。

夜闹

当人们普遍说，新生的婴儿宝宝难带时，上天为我创造了自怀孕到宝宝出生以来的无数奇迹，数不胜数。是的，是无数的惊喜与奇迹。千寻宝宝特别好带，非常省心，极少夜闹。

千寻宝宝出生四十六天便长途飞行开始环球旅行，六十天再次出国，三个月便随全家旅行了两个国家和好几个城市，五个月时去了四个国家。在俄罗斯与土耳其连续度过了约四十天的旅程，游历了当地十几个城市。创造这一切奇迹的育儿宝典就是爸爸妈妈全然的爱和允许，让自己时刻处在平和中处在好感觉中是前提，婴儿宝宝对平和的感知惊人地精准，不管他是睁着眼睛还是闭着眼睛，他都能清晰精准地感知到强大的平和的能量。也因此，当妈妈或者抚养者自身处在全然的爱与平和中时，彼此就会特别滋养特别享受，宝宝也会特别让人省心，特别好带。但凡是妈妈或者抚养者自身处在焦躁、不安、担忧、不平和和控制的情绪中时，宝宝就能精准地感知，他完全不喜欢那样的感觉，但苦于无法诉说，所以一定会表现得焦躁不安哭闹不止，特别难带，实际上这个表现就是他的语言表达。

回到夜闹这个话题，婴儿宝宝刚刚来到人世间，他是没有我们习以为常的时间概念的，他也没有一个先入为主的思想认为，现在是晚上，要睡觉；或者，现在是白天，不要睡觉。所以，偶尔他会颠倒黑白，白天多睡，夜晚少睡。一旦发生这样的现象，请记住，这只是一个短暂的体验，不代表他以后都会这样，所以爸爸妈妈根本不用担心婴儿宝宝这样的行为，不要过多地关注、聚焦、谈论、放大这个行为，不要去给这个行为贴标签。重点是，在出现这样情况的时候，只是全身心地享受陪伴他的那一刻就好了，抱起来哄一哄，可以不用语言，只是安静地摸摸他亲亲他，安抚安抚，我向你保证，很快他就会继续安睡的。毕竟在孕育期间，大人们遵循的也是夜晚睡觉的习惯，所以，人之本能会让他在夜晚睡觉，尽管他是一名婴儿宝宝。

婴儿宝宝每天都在长大，都在发育，意味着每一天的他都是不一样的，所以，不要用夜闹这个词来限定他，不要去跟人们讨论议论他如何如何夜闹了，如何如何吵得大人们睡不好觉了，人们往往热衷于讨论这个，多过讨论宝宝是多么可爱。这真的很有趣，如果你看过这本书，那就让我们一起试着停止去谈论这个，因为，真相是一切都在变化中，只要你不过多地关注这个、谈论这个、议论这个、评判这个、担忧这个，我向你保证，明天他就恢复正常睡眠了，真的。

之所以想纠正婴儿宝宝所谓的夜闹行为，是因为爸爸妈妈在头脑中预先有一个睡眠模式，认为那个点了，他就应该要睡觉，不然他就不是一个乖小孩，就要受到指责或纠正。不要这样做，我亲爱的宝爸宝妈们，婴儿宝宝才刚刚来到这个精彩的世界呢，他也在探索和感知，所以，请相信生命的本能会驱使他走向夜晚睡觉的人体模式里，这一点丝毫不用担心。但一旦出现了夜闹的情况，那要怎样应对呢？非常好的问题，答案是，接受接纳那个事实，与宝宝全然地在一起，轻柔地抱抱他、轻抚他、拍拍他，无须语言，无须全家都着急，最亲近、最好的人选是妈妈，就安静地陪伴他一会儿，不一会儿，他就会安然入睡了。切忌大声喧哗，切忌极力地想对抗这个事实，切忌极力地想强迫他入睡，那样只会适得其反，令他哭闹不止。正确的做法是，给予爱就够了，尤其是来自妈妈的爱，那份天然的、强大的、深深的母爱连接。他瞬间能感知到来自妈妈的爱与关怀，马上就平静下来了，不一会儿，就又睡着了。

哄婴儿宝宝入睡

正如温尼科特说的，婴儿在三四个月大的时候可以照见养育者的状态与感受。原文是这样说的：妈妈用心并专注于她的婴儿和对婴儿的照料，出生后三四个月，婴儿就可以展示他所知道的母亲的形象。这里的形象指的是妈妈专注于某个实际并非她本人的东西的状态，即生命状态。这个状态大致会涉及爱、和平、喜悦、焦虑、不安、烦躁。温尼科特对母婴关系的观察细致入微，他本人先是当了多年的儿科医生，然后开始了精神分析的训练。在他的诸多著作中，《婴儿和母亲》对大众而言，既是专业书籍，也可作为"育儿圣经"。

千寻宝宝大概从四个月开始就会自己进入睡眠了。他的方式是，一切就绪后，躺在床上自己和自己玩，玩手、玩脚，自己啊啊啊地唱歌，这样持续十几二十分钟他就睡着了。有时候他也想让妈妈躺在旁边陪他一起，就是陪着，当观众他就很满足了，你再摸摸他的头他的小脚丫，他感受到爱的能量，很快就会睡着了。

同样是躺着，如果我身体躺着陪着他，而人在看手机玩手机，婴儿宝宝的感知力超级敏锐，他感觉到妈妈的人心分离，感受不到妈妈从心里发出的爱与接纳，他就会不愿意，就会反抗。只要你人心与他合一，将专注给到他，将爱给到他，很快他就又平静下来，很快就睡着了。

可想而知，对婴儿宝宝来说睡眠训练是一件残酷的事情，大家可以试试上面的方法，给自己一些耐心，孩子就会非常轻松好带。

我的做法是，进入卧室，我先让自己整个人放松，感受卧室里的一切，灯那么美，窗帘那么漂亮，床那么舒服，被子那么柔软，温度那么合适，呼吸那么顺畅。就这样，我就完全在当下，我就很平和很享受很满足，我的这份好感觉，宝宝是能完完全全感受得到的，他也会很平和很享受很满足。

续觉

　　通常情况下，婴儿宝宝白天的一个睡眠周期是半个小时到四十分钟。在这个时间里，他会有一个深沉的睡眠，过了这个睡眠周期，他会翻身或醒来，一旦醒来便会哭喊引起大人的注意。

　　每个睡眠周期的衔接是很关键的，大人赶过来的时候，可以抱起宝宝，轻轻拍一拍、亲一亲、安抚一下，基本上宝宝就继续睡觉了（我称为续觉），通常很快会进入下一个睡眠周期。在续觉的过程中，大人只是抱起宝宝，轻拍亲吻即可，不要大声说话，不要急着和宝宝对话，去逗宝宝，即使宝宝是睁着眼睛的。你只需抱起宝宝，安安静静地和他在一起，轻轻拍一拍，亲一亲，摸摸头摸摸后背，不一会儿，宝宝就续觉成功了。

　　但凡这个过程中，大人去逗宝宝，和他说话，或者过于焦急地想把宝宝强行哄睡，就会打断这个睡眠周期，续觉就变得费力了。

　　千寻宝宝一直是这个方法，特别管用，基本一觉会睡三到四个睡眠周期。续觉，分享给大家，很重要，很管用。

婴儿宝宝的睡眠是一个持续拉长的过程

千寻宝宝四个半月，睡眠越来越给我们惊喜，夜间睡眠可以一觉睡四个小时，吃完夜奶就继续睡。并且，他学会了自己哼唱哄自己入眠，这真是太惊喜了。

关于睡眠，这是一个持续变化的过程，从刚开始两个小时一次夜奶，到三个小时一次夜奶，再到现在四小时一次夜奶，记录着宝贝的成长与变化。作为宝爸宝妈，我们要做的是相信我们的宝宝，给予他耐心和关爱，他就会还给你意想不到的惊喜。每当他有进步时，我都大方地表扬夸赞他，亲吻他，不要担心他听不懂，他完全可以领会感知到你传递的信息和内容，他会表现得非常开心，非常兴奋。我说的是不是真的，去试一试你就知道了。

五个多月的时候，他白天的睡眠就很明显不再是碎片化的了，基本上都是上午一大觉，睡两个小时左右；下午一大觉，睡两个小时左右；傍晚一小觉，睡四十分钟或一个小时。晚饭后洗澡，我们的习惯是泡澡游泳二合一，就在浴缸里完成，宝贝很享受这一切。洗完澡后，我简单地抚触一下他的身体，再让他躺床上自己扳扳腿，翻翻身，玩一玩，基本上就进入夜间睡眠了，并且，夜间睡眠他也是自己玩着玩着，哼哼唱唱，就睡着了。我真的真的很欣慰，很开心。有时候，他想让我抱抱，我就抱抱他，哄一哄，很快他就睡着了。有时候，我与他一起躺在床上，轻轻拍一拍他，亲亲他的小脸蛋，摸摸他的头、他的脖子，很快他也就睡着了。

因此，我个人不赞成对婴儿宝宝进行睡眠训练。在学习心理学期间，有听说过关于婴儿的睡眠训练，好像挺受部分家长的追捧。那个时候我感觉对新生婴儿做这样的训练是会让孩子很痛苦很绝望的，他最终会睡着，可那是一种带着恐惧和绝望的睡眠。直到现在，我亲自养育婴儿宝宝，更加不支持这种训练婴儿睡眠的方式。我笃定地相信，只要我们给宝贝营造了舒适、温暖和爱的环境，他就可以做到自主睡眠。因为在这样的环境里，他感受到了被接纳，感受到了安全，感受到了爱，没有理由哭闹着不睡觉呀，这是一定的。

关于抱宝宝

有时候，我很奇怪，这居然是一个极具争议的话题。

很多年长的人反对抱宝宝。常见的说法是，抱习惯了就得一直抱着，或者是太宠溺宝宝了，太娇惯宝宝了，说得更多的是，这是一个非常不好的习惯。

我没有请月嫂，月子期间妈妈帮忙了一个月，之后就一直自己带，关于抱宝宝，我妈妈也持同样的观点。然而，我选择跟随自己内心的感觉和指引。我的内心很清晰地知道，我抱他，他很享受，他很喜欢，我也很享受，我也很喜欢，那为什么不多抱抱他呢？婴儿宝宝浑身软绵绵的，非常温润，非常温暖，完美至极，不知道用什么词语形容那份柔，那份软，我想有一个字——"爱"——来囊括是最全面最贴切的了。这是多么难得的与新生命亲密接触互动的机会，错过实在太可惜，而就在抱他的同时，我明明是备受滋养的，为何我不抱他呢，我要多抱他才对呀，等他六个月以后学会爬了，学会坐了，想学走路了，便不愿意让大人多抱了。

所以，我没有纠结，听从内心的感觉，非常享受我抱他的那些时光，毫不吝啬地多给他拥抱，宝宝也并未因为我的拥抱而变得任性。相反，他发育生长得特别好，非常爱笑，脸上总洋溢着开心、喜悦的笑容。

宝宝爬行

体检时，医生都会建议宝宝在六个月以后要多训练爬行和抓握。对于千寻宝宝来说，我尝试过好几次，他似乎对爬行并不感兴趣，没有爬行的意愿，所以试过几次以后，我便不再试了，允许这一切，顺其自然。

同时，很多家长也许会说，他家的宝宝爬行得很好之类的，我并不会因此去比较、去评判千寻宝宝，因为每个宝贝都是那么独特，那么独一无二。千寻宝宝自身的活力很足，每天都很兴奋，很开心，很喜悦；吃得很好，睡得很好，消化很好，我就知道这代表他发育成长得非常非常好。

我更想分享的是，每个宝贝都是与众不同的，医生所说的、权威所说的并不能代表所有，一味地听从和比较，会让宝宝和妈妈感到焦虑和焦躁。而事实上，宝贝的生命状态会告诉你什么适合他，什么不适合他；他喜欢什么，他不喜欢什么，在这种情形下，妈妈内在的感觉和指引就是最佳的、最适合宝贝的。

就这样，千寻宝宝长到九个多月大的时候，有一天他突然就想爬行了，自然而然地爬行，我看见他的举动后欣喜地给他鼓掌迎接他、鼓励他，他爬得更欢实了，呼噜噜地从垫子这头爬到那头，高兴得手舞足蹈。你转身，他就看着你跟着转身，继续爬。这让我意识到，当他做好准备想要去体验爬行的时候，一切对他来说都是轻松不费力的，他就这么轻松自如无师自通地学会了爬行。

光脚丫

一岁以内的婴儿宝宝还没有学会说话，他的特征是感知能力特别敏锐，同时，他是靠各种感观的接触来认识了解这个美妙的世界的。所以，婴儿宝宝几个显著的特征是，用口接触，舔、咬物品，用手抓、握、摔物品，用脚接触地面，感觉不同材质地面的感觉、温度等。

千寻宝宝非常享受光脚丫碰触大地的感觉，大大地促进了他的发育和生长。并且，光脚踩在地面上，也是和大地母亲的一种直接的连接，这种连接是一种能量元素的接触，宝宝会吸收到大自然更多的元素，从而得到全面的滋养，令身体更强健。

千寻宝宝长到十个月大都没有穿过鞋子，开始想学走路的时候，穿了第一双鞋子，大多数的时候依然是光着脚。

九月份出生的千寻，冬天的时候他大概四个月大，就只是穿着毛袜子。除此之外，不论是春暖花开，还是炎炎夏日，他大多数时候都是光着脚丫踩在地上，他喜欢这样。透过他的兴奋和喜悦，我都能感受到他的自由和畅快。

所以，宝妈们，光脚丫，没问题，你会享受看着他光着脚丫的时光。

学走路

千寻宝宝九个半月大的时候，对下地走路这件事表现得非常兴奋，于是，我就每天跟随他的节奏让他慢慢尝试着走一点点。没过多久，他的进步就非常显著。

这个时候他没有固定的步伐，有的时候像小螃蟹一样一脚上前横着走，有的时候两只脚拍打着地面往前迈，嘴里还不时发出声音表达着他的兴奋。就这样走了两三周，他就可以一只手扶着沙发，一只手扶着大人，颤颤巍巍地走那么一两步了。

关于婴儿宝宝学走路，有两点特别想在这里分享。

第一点，人们常说，不要让孩子走太早，这个不好。对此，我的体会和感受是，他在他的身体里，他特别想体验走路，说明这完全符合他身体的成长节奏。因为我们的身体是充满无限智慧的，身体知道答案，所以，我丝毫不会担心，我选择尊重他自身的节奏，配合他的成长。

第二点，宝宝长到开始想学走路了，在这个阶段，我们听到最多的旧有信念思想是，这么大的宝宝很难带，很会折腾大人，带这个期间的孩子是最累的时候，带他会特别辛苦，这种话几乎是随处可听的。而我想分享的关键是，请不要先入为主地把这种思想上的累，把这种弯腰、累腰的信念思想植入给自己，不要开玩笑地说，你真是累坏妈妈的老腰了，不要说这样的话。有一本著作叫作《语言的魔力》，你所说的话都会被你创造成为你的现实生活，所以，语言是充满魔力的。人们之所以感觉累，更多的是因为在婴儿宝宝学走路之前，他比较好掌控，几乎是大人说怎样就怎样。而到了婴儿宝宝想学走路了，大人就渐渐失去了那份掌控，局面开始变得被动，宝宝正在好奇地探索着这个奇妙的世界，他一会儿想去这里，一会儿想去那里，所以让大人感觉到力不从心。关键的关键是，一旦人们放下那份掌控，跟随宝宝的节奏，融入宝宝的世界，就没有所谓的那份累，或者说那份头脑中的累就消失了。

你放下这些人们挂在嘴边的信念思想，不赋予你会很累、你会腰痛、你的宝宝很会折腾你等想法。你只是作为一个妈妈在陪伴着他的成长，在看着他的成长。实际上，在你用心陪伴他成长的过程里，正是编写你自己此刻的生命过程，而我们的生命正是由一个又一个的过程、无数个过程组成的，没有哪一个过程比另一个过程更好更重要。那是一个又一个不同的过程、不同的体验，无论是哪一个过程，哪一个体验，都是独特的，独一无二的，'都终将转瞬即逝。

所以，在那个你与他在一起的过程里，仿佛你化身成了他，你随着他的眼神专注地看着地上的一片叶子，看着树叶的影子在地面上摇曳，看着草丛边一个小小的水洼倒映着天空，看着路边的小石子等。你看到的全是点点滴滴的鲜活与生动，以及你对一切的兴奋与好奇、喜爱与热爱。

晒太阳

千寻宝宝很小的时候就喜欢外出，出生四十六天就和我们长途飞行去了南太平洋的海岛国家——斐济。直到现在，他每天必外出，下雨天也会打伞感受下雨的氛围，所以，春夏秋冬，清晨日落，在小区院子里都能看到他的身影。

对于晒太阳，我是很享受的。我能非常明显地感受到清晨太阳的清新、温暖、慈爱、祥和，我喜欢被这种好感觉笼罩，自然而然地，这也会让宝宝直接享受这份大自然的馈赠。因此，千寻宝宝也很喜欢与大自然亲密接触的感觉，所以就算是夏天，他也从来不戴帽子，我也没有觉得有戴帽子的必要，就是自然地接触太阳。阳光强烈的时候，把婴儿车的遮阳蓬拉开，他很享受这种直接的接触，他也一直特别健康，活力十足。

千寻宝宝从出生以来，没有吃过钙添加剂，但他却身体强壮。与阳光、大自然接触，本身就是在补充维生素 D。

宝妈们，我们的宝宝天生就是健康的，完美的，他们天生是喜欢与大自然亲密接触的，在他们欢喜雀跃的笑声中，他就是在告诉你，是的，他喜欢。

皮实的千寻宝宝

认识千寻宝宝的邻居们，见到他，总是欣喜地说，哎呀，瞧这孩子，长得多皮实呀；或者说，看看我们千寻宝宝长得多皮实呀。都喜欢和他说话，逗逗他，实为夸赞他身体强健，活力四射，活泼好动。

皮实，用来形容千寻宝宝真的很贴切。一直以来，他的食欲特别好，消化系统非常强健，吃进去的食物，消化吸收后第二天就排泄干净了，粗壮的小腿、小胳膊不时地踢踏着挥舞着，展示着他的健硕。他总是很爱笑，很爱与人亲近，嘴里不停地发出咿咿啊啊的声音，闪烁着光芒的大眼睛眨呀眨的，着实人见人爱。由于特别爱笑，姥姥习惯性地喊他"开心"，我笑称，名副其实。

夏天，千寻宝宝光着胳膊光着腿，直接接触着微风的吹拂、阳光的照耀。很多时候，他就是光着脚踩在大地上，与大地母亲亲密地接触着。

自出生以来，他的睡眠也特别好，睡眠质量非常高。宝宝睡得好，吃得好，精力自然就特别旺盛，活力十足了。

口欲期吃手

口欲期是婴儿发育过程中的一个特殊时期，一般会在两三个月起至一岁以内。最开始的表现是吃手吃脚，然后的表现是喜欢吃爸爸妈妈的手，吃衣服吃枕套，吃小推车的扶手，吃奶瓶，吃勺子等。

这是婴儿非常特殊的一个发育期，对于宝宝来说很重要，那是他在用嘴感知这个世界，就好比大人可以用手去触摸感知物体是一个道理。口欲期的种种表现，过了一岁就没有了，所以，允许孩子体验他的婴儿本能口欲期是很重要的，这会有效促进他的感观和大脑的发育，前提是确保他有兴趣吃的那些东西洗干净就可以了。

你细心观察会发现，他吃手吃衣服吃勺子，不管吃的是什么，他都很专注，百分百地专注在那个过程里，他沉浸在那里，他很享受这个过程，也因此，可以确信他在这个过程里收获了属于他的开心和满足。这个时候，家长可以减少和他的语言交流，不打断他的自我探索，静静地看着他陪着他，他就真的非常满足，吃着吃着情不自禁地发出满足的声音，有时候还是连续的发音，是一种欢快的歌唱。

千寻宝宝在他的婴儿口欲期是完全被允许的状态，他的这一表现在他十个多月大的时候自动就没有了。往往，越是在婴儿口欲期被限制禁止的小宝宝，越渴望这个属于他的特殊体验期，反而是长到很大了，依然有吃手、咬指甲的习惯。

所以，我更提倡尊重生命自然的发育规律，多一些允许和信任，有何不可呢？

奶粉不上火

"吃奶粉上火"是一种很常见的说法，几乎随处都能听见这样的说法。

千寻宝宝是奶粉喂养长大的孩子，在这个过程中没有喝过菊花晶之类的据说可以降火的添加饮品，但他却从未因喝奶粉而上火。

如果说有什么心得，我想就是给宝宝适量喝水，很小的时候就是每天多喂几次清水。稍大一点的时候，就可以喝点加了鲜果汁的水。鲜果汁常用的有葡萄汁、桃汁、橙汁、西瓜汁、苹果汁、雪梨汁等，纯果汁用滤网过滤一下，加点温水，装奶瓶里就可以直接喝了，宝宝很喜欢，一次能喝半杯，上午下午都会喝半杯。

再大一点的时候，大概八个月的样子，当时正值盛夏，我会每天给他喝点酸奶水果奶昔，就是用原味的酸奶加上香蕉、芒果、旺仔小馒头一起拌匀喂他，他也很爱吃，酸奶和香蕉本身就有助消化的功能。有时候还会吃一些水果泥，就这样混合搭配着喂养。在夜间喂奶的时候，考虑到夜晚活动减少，不宜过饱，就习惯性地给他在标准的勾兑奶量上减少一勺奶粉，他很小的时候，大概减少半勺的样子，长大一些，一顿可以吃 120 毫升了就减少一勺的样子。

整体下来，千寻宝宝未曾因吃奶粉而上火，消化和排泄都很正常，整个人长得水灵又健壮，生长发育指标也都处在中上水平。

所以，在这里，用心地、合理地给宝宝搭配饮食，即使是奶粉喂养也是不会上火的。

选用辅助带娃工具

从宝贝出生至今，我所选用过的辅助带娃工具在不同的时期给了我很大的帮助，既省力又省心。

出生一至三个月，朋友送了一个系在腰上的圆形的可调节松紧的婴儿抱枕，在家的时候特别好用。这个期间的婴儿宝宝睡眠非常多，这时候他还没有适应单独在床上睡觉，更多的是习惯让大人多抱抱。同时，这个时期的婴儿体重特别轻，身体软软的，浑身散发着满满的无条件的爱，抱着他也是无比享受，忍不住地就喜欢多抱他。朋友送的这款婴儿抱枕起了很大的辅助作用，宝宝贴着妈妈的身体躺在婴儿抱枕上香甜地睡去，妈妈则完全可以解放双手，做一些其他的事情。

其间，我还用过一款婴儿睡袋，这个更适合外出使用。睡袋可以斜背在大人肩上，小宝贝就贴着大人的身体卧在睡袋里，宝宝的头是可以自由活动的，想睡觉了就躺在里面睡觉。先生特别喜欢这个睡袋，每次外出，都优先选用，他笑称自己是袋鼠爸爸。

还有一款是婴儿腰凳，是一款要等到婴儿宝宝大一点的时候才能用得上的工具，也是特别好用。有时候宝宝不想坐小推车了，或者是近距离的外出，或者是我也想抱抱他时，我都习惯使用腰凳。千寻宝宝背对着我坐在腰凳上，稳稳的，只需要大人的手臂轻揽一下他的腋下他就很安全，他就能在上面自由地活动。再大一些的时候，大约十个月大，他会让你扶着他，他独自站在腰凳上，站起来的那一刻，嘴里不时地发出"哦哦哦"的尖叫，似乎在宣告他一下子长高了好多，视线更加宽阔了。

七八个月大时，千寻宝宝有了自己的餐车，是一款带轮子的移动餐车。宝宝坐在里面非常舒适，餐车用安全带固定，车前面是一个大大的操作台，他可以在这里玩他的玩具，做一些他感兴趣的事情。如果是我做饭的时间，他的餐车就可以推到我方便照看的地方，他坐在餐车里自娱自乐，在一段时间内完全可以照顾好他自己。

选对婴儿车很重要

有有姐姐小的时候，一岁多才开始使用婴儿车。有千寻宝宝的时候，出生没多久就用婴儿车了，选对婴儿车很省心很省力，也很有必要很重要。

关于婴儿车的建议，你值得听一听。千寻宝宝有两辆婴儿车，第一辆是好朋友送的，车型较大，车架上有一个凹陷的婴儿筐，千寻宝宝躺过一两次，基本上都是躺很短的时间就不愿意了，由于车型较大，出行携带确实不方便。再加上，我试想了一下假如我是小宝宝躺在里面的感受，由于是凹陷型的婴儿车筐，当宝贝躺在里面的时候，四周都被围挡围住了，视线全部是被遮挡的，他看不到外面的世界，那种感觉让他很不舒服，这是我感受到的，所以果断放弃了。第二辆婴儿车我非常满意，它小巧轻便，结实安全，不是凹陷的婴儿筐，是可以直接平躺、半躺、坐着的。同时，它的朝向是双向的，可以调节成面向妈妈的那一面，最关键的，千寻宝宝躺在这款车里，他可以360度地看到外面的世界，还可以随时和妈妈保持眼神的互动与交流。我也试想了一下假如我是小宝宝躺在这款车上的感受，那种感觉很舒服，很敞开，很自由，很温暖，很亲切，很满意。

同时，这款车可以折叠，外出无论是放汽车里还是飞机上，都十分方便。我们经常带着宝宝外出，所以合适的婴儿车给了我们非常大的帮助和贡献。每每享受到如此便利如此令人满意的婴儿车，我都发自内心地夸赞这款婴儿车的设计，集人性化、稳固、灵活、轻便于一体，折叠收放都那么方便，我太喜欢了，深得我心。

制作辅食

千寻宝宝六个月了，体检时医生建议添加辅食，从婴儿米粉开始。他似乎不是很习惯米粉的口感，试了几次效果并不理想，于是我就放缓了添加辅食的时间。

大概六个半月大，我开始给他蒸水蛋作为辅食，蒸水蛋也叫蒸鸡蛋羹，蒸好的水蛋，黄黄的嫩嫩的，放少量的盐，或不放盐，滴几滴生抽代替，再放一点点的香油，搅拌均匀。最开始就让千寻宝宝吃几勺，看他喜欢，于是逐渐加量，大概七个月的时候，他就可以吃一个完整的蒸水蛋了。再大一点，一天能吃两个。

这期间，还喝了新鲜果汁水，有橙汁水、西瓜汁水、番茄汁水、火龙果汁水、葡萄汁水、梨汁水等。我做果汁的方法很简单，使用手动的便捷的榨汁器，只是挤出一些果汁，用干净茶具里的滤芯过滤一下果肉，把过滤后的果汁放入奶瓶里，再稍兑一点温开水，他就喝得很香很满足。

我用的是一款操作非常简便的手动榨汁器，小巧实用好拆洗。我真的享受这样轻而易举的操作，不会占用我过多的时间和精力。我也会给他吃一些水果泥，这就更简单了，用婴儿勺子刮着水果吃，特别方便，宝宝吃得也非常开心。

吃了一段时间的蒸水蛋后，八个多月的千寻宝宝，开始吃一些婴儿面条。我习惯的做法是，用焖烧杯把面条提前焖熟焖烂，吃之前装到碗里，再将番茄炒鸡蛋切碎，拌到面条里一起喂宝宝，他吃得很香。有时，我会把面条换成米饭，他也特别爱吃。

我们家很少单独给千寻宝宝炒菜，习惯性地让他跟着大人一起吃，炒菜的时候不会太咸，以清淡为主。有时候煎的火腿肠，切成肉末状或者炒菜里的肉挑出来一点点，切成碎碎的肉末，跟着切碎的炒菜一起拌到饭里，或者也使用简易的粉碎机，把食物打碎一下，宝宝都特别爱吃。

去姥姥家的时候，姥姥喜欢用最小号的电饭锅给千寻宝宝制作辅食，也很好用。她专门买了最小号的电饭锅，老式的款型，操作和拆洗都非常方便简洁，蒸水蛋、煮面条、煮米菜糊、加热食物都极为方便。因为实在太好用了，我也买来同样的小型电饭锅专用于给千寻宝宝制作辅食。

有时候，外出旅行，我会随行李携带旅行款小电饭锅，就能随时随地地为千寻宝宝做一些简单的辅食，比如蒸水蛋或者煮宝宝面条。

关于辅食，我喜欢轻而易举的做法，简单容易，拆洗方便，省时省力，特别分享给大家。

酸奶水果奶昔

千寻宝宝九个月大时，时值盛夏，我喜欢给他做酸奶水果奶昔，他吃得很开心很满足。做法也非常简单，有很多种搭配方式，择选下来，香蕉、火龙果、芒果的口感似乎更佳。

通常是取一截香蕉、一些火龙果，或者一些芒果，加入酸奶，加入一些旺仔小馒头，或者不加，一起搅匀弄碎，就可以喂宝贝吃了，就是这么简单。我也品尝过，口感很丝滑，很香醇，很好吃。并且，这样的轻食宝贝非常容易消化，对于清理肠胃也是很有益的。

合理控制辅食的量

千寻宝宝大概十个半月的时候，对辅食的渴望极其强烈，婴儿辅食类食品他吃得香甜可口，但看见大人们吃饭，他也急不可耐地吧唧着嘴巴，期待品尝各种食物。就好像他的味蕾初开，对一切美食的诱惑无法抵挡，什么都想吃几口，品尝一番。

看着他这样的渴望，我有时候就容易忘记控制他的摄入量，导致吃得太多，消化困难。有一次，也仅此一次，千寻宝宝出现拉肚子的现象，一天拉几回，有些严重，我即刻意识到是没有控制好辅食的摄入量导致的。因此我并没有过多的慌张，而是重点观察他的精神面貌，看到他精神面貌良好，便停止所有辅食的摄入，以易消化的奶粉为主，减少奶粉的量，少量多餐，以减少他稚嫩肠道的消化工作，大概一周的时间，他便自愈了。

自那以后，在千寻宝宝辅食的摄入控制上我便更加留心，适可而止，不跟随他的意愿盲目地任由他吃，因此他消化吸收也变得更加轻松。

安抚奶嘴会成瘾吗

就此探讨关于安抚奶嘴的问题。千寻宝宝大概一个月的时候就使用了安抚奶嘴，安抚奶嘴分为零到三月龄和三月龄以上的，我是允许他使用的，所以，我不担心安抚奶嘴是否会造成千寻宝宝有这样或者那样的负面发育，我也不担心会损伤他的舌头影响他的语言发育。我持鼓励的态度让他用，因为这也是在锻炼他的吮吸，并且他作为一个新生儿来到这个陌生的世界，他用安抚奶嘴确实起到了很好的安抚作用，立即就会得到一种安全感，使他睡得很香甜很深层。待他睡着以后，我就会把安抚奶嘴拿掉，也不会担心他会成瘾。这个反而很有趣，他在完全被允许的情况下，四个月大时，主动地放下了安抚奶嘴，几乎不再用了，给他他也只是攥在手里去感知去把玩。

这一有趣的现象也给了我很多启示。有有姐姐小时候也用过安抚奶嘴，那时候我并没有心理学方面的学习与探索，总会人云亦云地去顾虑和担忧，过多地担心使用安抚奶嘴会不好，严格控制她使用的时间，不情愿地让她使用。在这种情况下，有有姐姐就形成了依赖，似乎你越控制她又不得不给她用的时候，她就越容易形成这种依赖，直到一岁多才慢慢地戒掉了安抚奶嘴。

我不禁想起有有姐姐小时候特别喜欢吃棒棒糖的经历。那个时候有有姐姐是姥姥带的时间多，姥姥不想让她吃太多的糖，原因是吃糖会蛀牙，但每次有有姐姐要吃的时候，姥姥都会满足她买给她，但同时会说，不吃了吧，吃多了蛀牙，牙齿都吃坏了。孩子当然不愿意，姥姥就在这种情形下给她买，几乎每次都这样。当然姥姥的心意是想让她减少吃糖，最好不吃，这样能保护幼小的牙齿。然而适得其反，你越不让她吃，她似乎就越依赖越渴望得到那个东西。直到快接近上小学的时候，有有姐姐依然特别喜欢吃糖，尤其是棒棒糖。于是，在我和先生接管照料她后，我已经开始踏上成长之路，在心理学的影响之下，我意识到，我越控制，就越会加速她形成对吃糖的依赖，我想让她停止对糖的依赖，那么最好的做法就是允许她、满足她，只有这样，她才会在充分地体验了糖以后，自动自发地放下对糖的执着。

于是，在她要吃糖的时候，我就完完全全地允许她，并且我还会主动给她买不同形式的糖，不是只买一个，而是多买几个送给她，更不会再多说一句，你把牙齿吃坏了，或者吃糖不好。只是出于爱，把这些糖送给她，传达的是我看见真实的她，接纳允许真实的她，同时我爱她。然后，就这样过了一段时间，她慢慢地主动放下了对糖的依赖，之后再吃糖也是偶尔一根或两根，完全是出于内心的喜欢去吃，而不是执着地贪念无止境地去吃。我想这与安抚奶嘴是同样的道理。

这给了我启发，我们越抗拒越对抗越不接纳的事实，我们越在创造并加速那个循环和发生，当我们接纳允许那个事实（事实上每个孩子都向往糖果给予的那份甜蜜、美好），孩子便不会执着于那个，她会知道什么时候适可而止，往往是我们越担心、越控制、越恐吓、越威胁，孩子就越放不下。

姥姥带千寻宝宝

千寻宝宝九个月大时，我的妈妈，千寻的姥姥非常想念千寻宝宝，从她居住的地方信阳固始赶到我居住的城市郑州看望千寻宝宝。这期间，白天的时候，妈妈帮我一起照看千寻宝宝，晚上，我独自照看千寻宝宝，就这样共同生活相处了一个月，彼此都非常享受，特别开心。

姥姥照看千寻宝宝和我照看千寻宝宝，不用问，肯定会有方法上的差异和习惯上的不同。我的做法是，接纳、允许姥姥的行为，只要她感觉好，她开心就好，这个很关键。因为当她感觉好，她开心的时候，她就会把满满的喜悦之情传递给千寻宝宝，她的喜悦之情会延伸到带宝宝这件事上。事实上这个时候的千寻宝宝是完完全全能感知到的，所以，千寻宝宝当然也是无比开心、无比喜悦的。对我来说，一件事情到底用哪一个方法和习惯，并不是那么重要，我乐得省心，乐得轻松。

相较于我，姥姥照看千寻宝宝有很多习惯上的不同。比如，我做辅食的习惯是用宝宝面条加工制作辅食，而姥姥的习惯则是用大人食用的面条，多煮一会儿，煮得软软的，再给宝宝当辅食。再比如，夏天我习惯让千寻宝宝光着腿，而姥姥的习惯是一定要给他穿上裤子，诸如此类。我并不介意姥姥的方法，不会去纠正她让她认同我的行为和习惯，我只选择接纳允许欣赏她的做法，她感觉很开心很自由，照看宝贝让她也备感轻松。同时，无数次在她照看千寻宝宝的细节上，我仿佛穿越到了若干年前，她也是这么开心喜悦地、细腻地、乐此不疲地照顾着我，我被养育得如此健康，如此充满活力，感激之情随之涌上心头。

当我转换视角的时候，一切的呈现都是那么完美，我们各自相处得非常融洽，非常舒服，非常自由，非常开心。

姥姥在的期间，她想多带带千寻宝宝，多陪陪千寻宝宝，我也是完完全全地接纳和允许。并且，我也觉得很好，就借此多享受享受属于我自己的时光，对于姥姥的帮助，我真的感觉到了满满的爱与感恩。

姐弟俩

有有姐姐刚过完九岁生日不久，全家欢天喜地地迎来了千寻宝宝。有有姐姐对弟弟宠爱有加，弟弟刚出生那会儿，有有姐姐每天起床都要来看看弟弟，亲亲弟弟，摸摸弟弟；晚上放学回家同样如此，进家门第一件事就是赶过来看看弟弟，亲亲弟弟，还会经常抱抱弟弟，给弟弟唱歌，逗弟弟玩。

再大一点的时候，有有姐姐会把好多她的玩具分享给弟弟玩，带弟弟一起洗澡，一起玩水，给弟弟写祝福语，给弟弟写信，逗弟弟，时常把弟弟逗得开怀大笑。周末的时候，有有姐姐在院子里轮滑，一圈接着一圈，每一圈滑过来都亲切地喊着弟弟，引得弟弟好奇不已。雨天的时候，她带着弟弟，打着雨伞，拿着小铲子在院子里挖青苔，捉蜗牛，踩路面积水。每件事情对于姐弟俩都是那么好玩有趣，对于弟弟更显得新鲜好奇。

记忆中，好多次，有有姐姐抱着弟弟，走在小区里，边走还边调皮地跺脚，小小的身躯环抱着肉嘟嘟的弟弟，嘴里亲昵地喊着"老弟，老弟""姐姐带你玩你开不开心呀""出来玩是不是好开心呀，姐姐经常带你出来玩好不好呀""你亲亲姐姐好不好""让姐姐亲亲你吧"……一扭脸，啵啵，姐姐就亲了弟弟好几下，这边小脸蛋亲完，那边也要亲。

遇到这样的情景好像也没我什么事，我就负责仔细地看着他俩，并在旁边随时注意他俩的安全和稳健。

千寻宝宝再大一些的时候，学会了更多的表达，开始主动找有有姐姐玩，与姐姐亲密互动。一段时间不见姐姐，再见面了激动不已，老远看见了就咧嘴欢呼，直到亲热地搂着姐姐的脖子亲吻，弄得口水到处都是。姐姐嘴上说介意，表情里看得出，她心里早已幸福甜蜜得乐开了花。

爱的眼神

眼神，从字面就可以理解，这里是充满神性的，是自带光辉和光芒的，是神秘的神奇的。

婴儿宝宝不会说话，但他的感知能力非常强大，几乎所有的心理学研究都提到了宝宝的感知极其敏锐。他感知到的一切都会如实如是地真真切切地透过身体表现出来，毫无丁点虚假成分，而眼睛所展示的信息是非常全面的，喜怒哀乐，是空洞还是光芒，全在里面。

清晨，千寻宝宝睡醒了，睡得很香甜很满足，睁开眼便开始歌唱，唱词基本都是咿咿呀呀、啊啊啊啊，时不时地与我对视，然后就咧嘴笑，传递出他满满的爱与喜悦，兴奋与激情。我本能地会被这股强大的如此鲜活的生命能量感染，瞬间笼罩在喜悦和兴奋中，感觉如此好。所以说，是孩子滋养了我们，感染了我们，并不只是我们养育他那么单一。

及时回应他爱的眼神很重要。此情此景，我会情不自禁地回应给他爱的眼神，回应他笑容，会夸奖他，会亲吻他，会拥抱他，会抚摸他，这一切的一切都传递着我的喜悦我的爱。我大方地回应他，把爱回流给他，他兴奋得都开始手舞足蹈了。

如果你忽略他细小的表现与互动，久而久之，在婴儿宝宝的心中就会创造出一个大大的空洞和缺失，这是一份被忽视被忽略的不存在感。婴儿时期内在的空洞和缺失，是成年后用无数的外在拥有也无法真正填补的空洞，总要不停地靠外在拥有来证明自己的存在。这是对生命能量的极大消耗，以至于生命走向黯然失色，走向食之无味弃之可惜的乏味、压力、苦难、无止境的追逐与麻木。所以，婴儿期的互动和交融就像是建筑的地基一样，深藏于地表之下，看不见摸不着，却起着最为关键的引领、牢固、支撑的作用。但凡婴儿期有互动及时、交融良好的抚养关系，宝宝都会自然而然地建立起一种自信、勇敢、激情、满足、喜悦的内核，透过这个强大而坚实的内核，他会在生命一切外在形势的扩展和延伸上都携带那自信、勇敢、激情、满足、喜悦的种子，因而，一路收获丰盛的果实，以致一生都满足而喜悦，自信而勇敢。

所以，亲爱的宝爸宝妈们，请放慢你的脚步，尽情地体验生命中为人父母的角色，享受这份人间至纯至真的爱与亲情，这是一段转瞬即逝的美妙旅程，值得你投入时间与精力把生命交托在这一段精彩绝伦的旅程里，共舞一段属于你和宝宝的生命篇章。它绝对会给你的生命注入新的能量与激情，养育宝宝的同时，也会填补你在婴儿时期爱的供养及交融，这是一份极致的满足与至高的喜悦。

天真无邪的笑容，清澈纯净的眼睛

无数次，我被千寻宝宝天真无邪的笑容、清澈纯净的眼睛打动，心灵被完完全全地净化，他瞬间让我看到生命的简单与美好，满足与喜悦。

傍晚，夕阳照射着小区，石阶上热乎乎的，很多孩子在嬉戏在追逐。我坐在其中一个石阶上看着千寻宝宝吃水果，他品尝着美味的水果，还不时发出满意的儿腔，表达着他的满足和喜悦。

路过的一位阿姨，被千寻宝宝的清澈与纯真打动，驻足欣赏他。阿姨非常慈祥，笑容特别干净，此刻并没有过多的语言和交流，她像一位慈祥可亲的奶奶仔细地端详着自己的孙儿，那么认真，那么动容。千寻宝宝一双炯炯有神、闪烁爱笑的眼睛立即回应到阿姨的凝望中，四目相交，时间对于此刻的他俩完全静止了，他俩就这样彼此笑着看着对方，无声胜有声。

我被这温暖的画面感动着，看到了世间最温柔的美好。我已不记得类似的场景发生在千寻宝宝身上有多少次了。清晨，他看到跑步的人们会主动热情地用他的方式打招呼；看到小动物们，他按捺不住他内心的激动与狂喜；初次见面的人们，他总是喜笑颜开地热情相迎。因此，他总是为自己迎来一个又一个喜爱他、及时回应他笑容与绽放的人。人们热情地拥抱他、逗他、赞美他，他享受着与人们的亲密互动和交融。

我爱你，我的天使；我爱你，我的宝贝。谢谢你用你那天真无邪的笑容，清澈纯净的眼睛，闪烁着无限光芒的眼神，给这个美好的世界增添了那么多喜悦的色彩。

最好的早教

孩子的天性是好奇与探索。千寻宝宝四个月了，一双闪亮的眼睛总是看个不停，他的眼神里透露出来的全是明亮、兴奋、好奇、探索、喜悦。

生命本身就是奇迹，时刻记住，我们每一个人都是由看不见摸不着的精子、卵子结合组成第一个细胞，然后一变二、二变四、四变八，这样持续不停地分裂下去，裂变成几何倍数的无限细胞而组成。老细胞每天都会脱落，新细胞每天都会诞生，就这样每分每秒地持续生长维持我们的生命。这本身就是完完全全超越头脑的想象和理解范围的，是巨大的不可思议的奇迹，是宇宙间的神秘力量在主宰和运行着万事万物。

因此，任何时候都不要小看自己拥有的力量，更不要小看婴儿小宝贝也拥有的力量，以及他强大的生存适应能力。当我们相信他允许他去探索时，他就会呈现给你，是的，他可以做到。相反，当我们限制他的探索，选择不相信他不允许他探索时，他也会呈现给你，是的，他就做不到。

于是，我们全家欣然前往人间仙境——寒冷的西伯利亚贝加尔湖。那时，千寻宝宝出生四个月，有有姐姐九岁。然而他们两个都创造了一个又一个的奇迹，和我们一起参加了很多贝加尔湖的冰上活动。冬季贝加尔湖的温度零下 30~35 摄氏度，整个湖面冰层厚度最深超过一米，车辆可以随意行驶在冰面上，就像行驶在陆地上一样。

行程中，避免不了要给千寻宝宝喂奶、换尿布、哄睡、脱穿衣服、洗漱，以及去适应不同酒店的住宿、坐飞机、换乘机、坐车等，也就是把在家带娃的吃穿用度搬到整个行程中。乍一听很麻烦，可是，这就是我这一生的生命旅程啊，也是我的生活旅程啊，因此，我们尊重生命来地球活一趟，就该完全活出每个阶段的不同呈现和全然体验。如果我们思想中一直携带着"哎呀，娃太小了，好麻烦，等娃长大了一切就好了"的信念，那我们此生就永远活在生命的错失里。因此，我们全家说走就走了。路上的小宝贝非常兴奋，眼睛不停地看来看去，手舞足蹈，发出咿咿呀呀的欢快声。

这让我本能地相信并看到，他不需要上早教课，用投入早教课的时间精力和财力走出去，看看这个精彩的世界就是最好的早教。

同时，这份体验和认知与李雪老师在著作《当我遇到一个人》中的描写如出一辙。书中这样介绍：澳大利亚著名的儿童发展问题专家迈克内格尔指出，二十世纪九十年代以来的众多人体实验结果表明，除非是生活在与外界隔绝家庭中的孩子，日常与家人的互动和对周围环境的感知已足以促成儿童健康且全面的身心发展。如果我们观察那些得到爱和自由的孩子，他们天然地知晓如何去体验各种事物。比如看到一幅卷轴画，孩子会主动地抚摸，闻一闻，卷起来再放下，再卷起来再放下……反复尝试，这是感官神经系统发育所需要汲取的体验，孩子就是这样自我发展、自我教育的。这个过程里有生命神圣的内在规律，不需要任何早教机构去说教。我们能给予孩子最好的教育，就是尊重他自我探索启迪的过程，不打扰。

带着宝贝融入音乐

在带千寻宝宝的时候，有一个场景我是很喜欢、深受滋养的。那就是，我抱着他，全然地沐浴在音乐的频率之中，音乐音量刚好，从音质较好的音箱中流出。那个时候，我就是他，他就是我，我就是音乐，音乐就是我，那种感觉实在妙哉。兴奋时，我会随着音乐舞动，此是没有时间空间的概念。宝贝在你怀里，他完全与你同频，他也非常享受，以至于，你根本就忘记了他的体重，忘记了抱着他挺累，只有音乐在流经你的每一个细胞，你得到了极大的满足和滋养。这是一种极其平和喜悦的能量，宝贝在你怀里，他可以感知得到，因此，他也非常平和，非常享受，慢慢地，他在享受中进入梦乡。

你看着你的平和，你的满足，你的喜悦，再看看此时已经酣睡的他，禁不住地想要亲亲他，给他爱。再一次，你给出去的爱又瞬间回流到你自己这里，你被爱包围。

这么欢愉的时光如此珍贵，如此稀少，为何不找一首你喜欢的音乐去体验呢？去体验吧，你值得拥有世间的美好。

听音乐

纯净的音乐我喜欢，欢快的韵律我也喜欢。我放下对宝宝可以听什么不能听什么的评判与限制，跟随我的好感觉放音乐，当我很开心很愉悦很满足的时候，散发的是一种开心喜悦的能量，那会令细胞放松欢愉。宝宝是纯然连接内在感觉的，他自然也沐浴在开心喜悦的能量里，你能感受到他也很享受，有时会跟着啊啊开唱，节奏强时他会跟着手舞足蹈。我就抱着他共舞，真的很享受彼此，互相在滋养。

所以，身体知道答案。你看，他真的很喜欢，我们完全可以扩展宝宝的音乐欣赏范畴。

世界上最好的婴儿抚触师

千寻宝宝自出生以来，我们就在家里的浴缸里给他洗澡游泳，没有在外面洗过。这是因为，我内心感觉给婴儿宝宝洗澡、游泳、抚触是一个十分珍贵、十分享受的亲子过程。

在网上买个套脖游泳圈就可以了，水温 38~40 摄氏度。刚开始的两三次宝贝下水会有一点点紧张，后来就十分娴熟，再放上合适的音乐，他非常享受在水中的感觉，有时候洗着洗着就睡着了，实在太可爱了。再大一点的时候，洗着洗着就哼哼唱唱起来，真的是能感受到他特别开心、特别享受、特别满足。再大一点的时候，他就开始玩水了，手脚并用，拍打着水面，荡起无数水花，洗得不愿意出来。

关于抚触，我特别想分享。这是一个终生难忘又极为滋养的过程，每每我都无比享受。我没有受过任何抚触的训练，只是凭着母爱的本能，凭着好感觉，用心用爱温柔地触摸他娇嫩温润的每一寸肌肤。当你投入这个过程中，我向你保证，你会特别享受和滋养，没有足够的语言能形容婴儿皮肤的柔嫩及温润，绵绵的，暖暖的，不管是看还是摸，都是极大的滋养。因此，这么宝贵的亲子时光，我是不忍交给外面的游泳馆来完成的，我很享受这个过程。

所以，亲爱的宝爸宝妈们，不要有任何的担心，行动起来，你会做得非常好。不要在意动作是否标准，该怎么做，不该怎么做。只有一个原则，抚触时，要去到你的内心感觉，带着你满满的爱，只要你感觉舒服你感觉好，你的宝宝就一定也是感觉舒服感觉好的。神奇的是，你的好感觉就会指引着你的手自然而然地游走在宝贝的每一寸肌肤之间，瞬间你就化身为了世界上最好的婴儿抚触师。

爱能创造奇迹，爱能消融恐惧

传递爱而非恐惧是多么重要，生活中，我们要时刻觉察，我们给出的是爱还是恐惧。

一个很好很强大的例子。时值疫情爆发期间，我们全家在土耳其旅行，临回国时，女儿咳嗽，并伴随嗓子疼。我内心是有担心的，症状会不会引起她发烧，要知道，当时的防疫政策是对咳嗽和发烧者一律采取一个措施：重度监控。而且，我们马上要坐长途飞机回国，还要经莫斯科转机。

坦白说，那一刻我是有一点点担心和困扰的。很快，我觉察到了，告诉自己担心和困扰是无济于事的，静下心来，放松自己，感受自己的呼吸和心跳，让自己平静下来，安宁下来，待在那个均匀的呼吸和舒服的感觉里。就这样，不一会儿，我就完全释放了所有的担心和困扰。我问我的内在，对此我能做点什么更积极和美好的事情呢，因为我知道，一切都是能量在传递，我不能传递担心和恐惧的负能量。答案很快出现，我跟着自己内在的感觉，起身给女儿做了身体的抚触。当时她还在睡觉，内心带着对女儿满满的爱，我闭上眼，抚摸她的手、她的胳膊、她的脸、她的头发、她的脖子、她的腿、她的脚……动作很慢很缓很柔，一切都在感觉里，一切都在爱里。突然间，我感受到，明明是我在抚摸她，给她满满的爱，可是她柔软的身体，温暖的体温却深深地滋养了我，我心生无限感动，感觉好多爱在流动在流淌，好爱好爱她，忍不住地摸摸她的脸，亲亲她的额头、她的脸、她的眼睛，不知不觉，我流下了感动的泪水。一下子觉得，女儿从那么小长到了这么大，生命是多么充满奇迹与不可思议。我放下了所有的恐惧和担忧，去到了爱与信任里，相信生命的伟大与奇迹会照顾好她。我继续抚摸了她的脸、脖子、肚子、后背，大腿、小腿、脚，最后停留在手，握着她的手很久，给她的身体和细胞传递了很多爱与祝福、欣赏与肯定，我感觉到彼此爱的交融，感受到爱的力量，是如此强大和美好，于是，一切都全然地交托给了爱。

奇迹的是，她的咳嗽真的就很快自愈了。那以后，途中她自愿地多喝了些温水，全家非常顺利地回到国内。回到家后，她完全自愈了。

这件事也给了我非常大的启发，就是觉察自己，提醒自己时刻待在爱里，爱能创造奇迹，爱能消融恐惧。

爱的抚摸

当你抚摸宝贝的头、脸、身体、小手、小脚的时候，请一定一定要放慢速度，慢慢地、缓缓地、柔柔地，带着爱，去感受你的手接触到他身体被抚摸部位的那份连接和感觉。一定是去到你内在的感觉，我向你保证，你会被宝宝纯洁的爱满满地滋养到，那是极大的幸福和喜悦，对宝爸宝妈而言当属至高的喜悦与享受。

入情入境时，有时候甚至会潸然泪下，当然这是喜极而泣的泪水。仿佛你抚摸的是婴儿时期的自己，那么完美，那么美好，你看到你本真的模样，是纯然的、纯真的、美好的、明亮的，是有爱的，是充满爱的。

抚摸，让我感受到满满的爱的回流

千寻宝宝出生后的第一个夏季，他八个月了，浑身肉嘟嘟的，我喜欢夜晚他躺在床上准备睡觉的时候静静地陪着他，帮他抚摸他的身体。抚摸的时候，尽量让他光着身体，只穿着尿不湿。他也很享受这个过程，会非常迎合我的抚摸。

就在这个过程里，我全然地感受手触摸他柔软娇嫩肌肤的感觉。往往是从肉嘟嘟的腿开始，缓缓地向下抚摸，直到脚掌脚心，我的动作很慢很缓很柔，全程是完全用心的，跟着我的感觉走，带着满满的爱。然后就是后背，整个手掌贴在后背上下蠕动式抚摸；然后是胳膊，从上往下；然后是手、手心；然后是脸蛋、耳朵、头、脖子、后脑勺。

我就是这样跟随内在的好感觉在抚摸，就像是那份好感觉会给我指引，引导我的手去向那里一样，真的很奇特，特别舒缓、特别默契、特别舒服、特别享受。

看似是我在给千寻宝宝爱的抚摸，而实际上，完全都是宝宝满满的爱回流给了自己。感动，美好，无法言喻，强烈推荐爸爸妈妈们体验哦，你完全不用模仿我的做法，只需在爱里，在感觉里，就会创造属于你们的手法和美妙时光，定将终生难忘。

记忆中的小脚丫

曾经流行过的一首歌是《时间都去哪儿了》，里面写道："记忆中的小脚丫，肉嘟嘟的小嘴巴，一生把爱交给他，只为那一声爸妈……"

宝宝肉嘟嘟的小脚丫、胖乎乎的小手是每个爸爸妈妈和陌生路人看见了都会忍不住想亲亲、想摸摸、想捏捏、想玩玩的。宝贝小的时候，我们有很多机会近距离地亲密接触可爱至极的小脚丫，胖乎乎的小手，软绵绵温润润的脸蛋。每次给他洗澡换衣服的时候，我都会多摸摸，我的手掌可以很轻松地握住他的小脚，真的好温暖，好舒服。

关于小脚丫，你试过闭上眼睛，用他肉嘟嘟的小脚掌去蹭你的脸吗？一定要试。有几次我都感动得潸然泪下，在宝贝睡着的时候，我就是想静静地感受他，便用他的小脚掌蹭我的脸。闭上眼睛，感受他那肉嘟嘟的小脚掌游走在我的脸颊、我的嘴唇、我的鼻子、我的眼睛、我的额头、我的下巴、我的耳朵，无法言喻的美好与幸福，他娇嫩柔软的皮肤、温热的体温、独特的体香，令人陶醉，寂静无声，却完美至极。

不免想到所有的哺乳动物们，它们没有语言，在表达血浓于水的爱时，动物妈妈都会去蹭蹭动物宝宝，去舔动物宝宝，那是内在爱的驱使，一种伟大的生命本能，纯粹的无条件的爱。

当你全然地在爱里，你能感受到细致入微的平时几乎都被你忽略了的很多感受，非常美妙。在那份浓浓的爱里，仿佛时间是不存在的，或者是静止的，你们的感受是合一的，是在完全的当下。这是一份全然的爱，圆满的爱，完整的爱的体验，寂静无声，宽广无边。

母爱的力量

有一种爱无边无际，有一种爱力大无穷，那便是伟大的母爱。

给出什么便回流什么。这不是一句什么高深莫测的话，不需要去到山里去到庙里，不是某某得道高僧才能教会的信息。每个妈妈都能感受得到，是瞬间就能感受得到。

　　什么是真相？看看安睡的宝贝们。他们是那么的平和、宁静与祥和，你静静地看着这张脸，听着他匀称的呼吸，你都能感受到强大的平和感。那是因为宝贝的能量影响了你，与你内在深处的平和共鸣了，所以你也感觉很喜悦、很平静、很和平、很享受、很滋养。

　　然而，今天这一篇我想分享的是想拥有这种巨大的喜悦与平和感，我们每个人与生俱来都拥有这样的本能，都可以做到，并且是瞬间做到。真的，你们不用相信我说了什么，亲自去试一下就知道了。

　　当你温柔地看着宝贝，亲吻他的额头，亲吻他的眼睛，亲吻他的脸颊，亲吻他的鼻子，亲吻他的嘴巴。我向你保证，你会瞬间被爱回流，深深地被滋养。是谁给你的爱呢，是你自己给出的爱，你没有经过头脑的任何思想，你给出了全然的纯粹的无条件的爱，你被你自己给出的爱回流滋养。对于宝贝是这样，并且，强大的真相是，对于我们生活中的一切都是这样的，都在"给出什么便回流什么"的真理中运作。

　　所以，巨大的贡献和礼物是，时刻觉察我们给到外界的是什么，不管是什么，都会回流到我们自己身上。

允许

允许什么?

每个宝宝都是与众不同的,就像我们每个人的指纹一样,独一无二。

允许你的宝宝和别人的宝宝不一样;

允许你的宝宝按照他自己的节奏成长;

允许他没有吃到标准的奶量,只要他感觉很好;

允许他半夜没有安然入睡,只要他感觉很好;

允许他有时候两天排一回大便,或者有时候一天排两回,只要他感觉很好;

允许他吃手,那是婴儿口欲期,他在用嘴感知这个世界;

允许自己进入自己的节奏里。

……

　　一切都在变化中,他每天的表现都不尽相同,不要去预设他该怎么样,不要去对比别人的宝宝为什么不那样,所有的预设只会增加你的焦虑、评判和担忧,事实上这是毫无意义的。要相信生命的奇迹,他从一个看不见的细胞发育成一个活生生的人儿,是多么伟大与神奇,这比吃饭睡觉要难多少倍,这本身就是不可思议的,远远超越头脑所能理解的范围,要看到这个强大的真相和力量。所以,我最最亲爱的读者朋友们,放心吧,只去爱他,只去用心对他,去信任他,去享受他,去祝福他。

你看他闪亮的眼睛，灵敏的动作，便知道，他真的很好，真的很棒，真的很独特。

在陌生的环境下，妈妈需要帮着宝宝适应

千寻宝宝四个月大的时候回姥姥家过年，姥姥家离我们家大约 500 公里车程，驾车需半天的时间。

记得千寻宝宝第一次到姥姥家时是下午两点钟，车子一进姥姥家的院子，姥姥、姥爷、大姨、表哥都出来迎接这个可爱的宝贝。一下车，是完全陌生的环境、完全陌生的面孔，而且他们出于爱、出于喜欢、出于激动、出于开心，几乎都在那一刻同时和宝宝打招呼，想抱他，想亲他，小宝宝就被这突如其来的热情吓住了，哭闹开来。家人们看见宝宝哭了，都开始关心询问，怎么了，都在同一时间试图哄他，结果越这样越适得其反。如果这个时候妈妈有觉察的话，就可以很容易进入宝宝的感觉里，就会意识到，宝宝他不会说话，他的哭闹就是他的语言。他在和妈妈说：这是哪里呀，这是新的环境，我还没有习惯，怎么有这么多的人呀，我都不认识，他们声音好大呀，这里好吵……在这种情况下，妈妈要及时安抚宝宝的情绪，可以抱抱他，先抱他避开这个热闹的人群，找个安静点儿的地方，安抚一下他的情绪，温柔地告诉他，现在来到了姥姥家，姥姥家有个大院子，姥姥家有姥姥姥

爷还有小狗狗，大姨也来了，表哥也来了，他们都在欢迎你呢。不必担心你说的话他听不懂，要知道语言是有力量的，是一种传递和表达，婴儿的感知能力很强，虽然他还听不懂语言，但他能感知到你传递的信息。

很快他就会平静下来。你看，他已经熟悉那里了，实际上，孩子对新鲜的一切都抱持好奇与探索的本能，所以，他喜欢这个陌生的地方，他喜欢这里的人们，他很快便和那里的一切融为一体了，开始要主动地探寻这里的一切了。我个人称这个为主动式平静，主动式融入，这是完全的开心与喜悦，主动与外界接触互动。

如果妈妈没有觉察，甚至责怪小宝宝怎么又哭闹了，还会说，快，快让姥姥抱抱，快让大姨抱抱之类的，完全不顾及宝宝的感受，这就会适得其反。你会发现，越是这样，孩子就越哭闹不止，难以平静。当然，他最终也会平静，但与上面所说的完全不同，这个可以称为被动式平静，不得不平静，是一种恐惧和害怕，宝宝是会抗拒与外界接触互动的。

这就是宝宝的生活

我给他一样玩具，他玩一会儿然后就丢掉了；我再给他一样玩具，他玩一会儿后又丢掉了；我又给他一样玩具，他玩一会儿后又再次丢掉了，好像他在跟我进行某种交流互动似的。我给他好多玩具，他玩玩这个，玩玩那个，玩玩那个，再玩玩这个，好奇地看看这个，再好奇地摸摸那个，玩一阵子，他又给丢掉了。这个就是宝宝的生活，他的状态。

我就开始捡呀捡，不停地捡呀捡，将掉在地上的玩具捡起来再给他玩，我也不会因此感到不耐烦，也不会因此而向他发牢骚，因为，这就是宝宝的生活，这就是他的生活状态。他完全真实地演绎了他真实的状态，对一切都好奇、兴奋、热情、探索。不管是方的、圆的、扁的、软的、硬的，他都好奇，他都喜欢。所以我就在他面前放一小堆各式各样的玩具，有些玩具其实就是我随手拿的一个小盒子、一本小书、一个塑料杯子、一个塑料勺子、一个奶嘴等。这些都会是他有趣的玩具，他会玩得不亦乐乎，嘴里不时地说着婴儿宝宝的专属语言。他坐在餐车上，餐车前面有一个操作台，他就在那里玩他的玩具，不想玩了，就随手一扔。或者坐在爬行垫上，沉浸在他自己的天地中，享受这一切，享受他的生活。

我静静地陪着他，看着他，融入他，享受他。内心的声音再次浮现，这就是他的生活，这就是他的生命状态。宝宝，你做得很好，你做得非常非常好。

妈妈让自己处在好感觉中很重要

每个人每天的精力是有限的，就像手机电池百分之百的电量，随着使用手机的频次，电量会相应耗损，耗损后需充电补充电量。

而我们每个人的精力就像手机电池一样，随着一天中发生的事情，所看、所说、所听、所想、所做都在持续地消耗着我们的精力。精力充沛，能量充足，你会感觉很开心，感觉很好，做什么都很轻松。即便全天带孩子也不觉得累，会和宝宝有很多爱的互动，你们彼此都很享受，你觉得和宝宝在一起很开心。反之，精力不足，能量不足的时候，你也懒得动，做什么都会不耐烦，有情绪、不开心、感觉不好，做什么都感到很费力。这个时候带宝宝，你体会到的就是累、辛苦、费力、不享受、烦躁，觉得好麻烦呀，还想指责孩子，改变孩子，弄得气氛十分紧张，彼此非常不愉快。

然而，人的精力和能量又是看不见的，不像手机电量可以用数据显示，但人的精力和能量是完完全全可以感觉得到的，那就是通过你的情绪在反映、在表达、在诉说。你对外在正在发生的事情的应对和互动，所产生的感觉是好还是不好。感觉好说明你精力很足能量很足，感觉不好说明你精力不足能量缺乏，需要给自己充电补充能量了。

给自己补充能量很重要，非常非常重要，尤其是在一天中起床后就开始补充，效果十分显著，会让你一天都在好感觉中度过。我的做法是，每天起床挤时间让自己做一些提升能量的事情，比如听一些开心喜悦充满正能量的歌曲、音频、确认词等。当这样做时，你立即就会看到效果了，你感觉很好，感觉非常好。对，就是要先把自己的能量补足，再去做事，做什么你都感觉轻而易举。

方法一是补充能量，方法二是静心冥想。中央电视台已经播出过静心冥想的重要，这次疫情防控期间，媒体也多次报道静心冥想的重要。静心冥想可以从感受自己的呼吸和心跳开始，让自己的心安静下来，就这样静心冥想十分钟或十五分钟就能恢复能量。方法三是个人停止去说、去想、去看、去关注任何包含负面负能量的信息，包括网络、新闻、电视等。方法四是妈妈可以在白天补充睡眠。休息好很重要，因为人体在睡觉的过程就是在给身体充电补充能量的过程，身体能量充足，就会感觉精力旺盛。

以上四点都非常强大，也请广大读者朋友们在这里不要选择轻易相信我说的，而是去试一试，体验一下，你立即就会知道你可以掌控你的精力和能量，让自己处在好感觉中。这样，外在发生的一切都会让你感觉好，因为境由心生，因此陪孩子带宝宝对你来说很轻松，你很享受，宝贝也很享受，你们彼此在互相滋养。

不要用经验值去预设他的下一刻，那样，被限制的是你自己，你会不开心、焦躁、指责、愤怒。真相是，每一刻都不同，他在探索这个精彩的世界，他会给你无尽的惊喜。

识别并去除带娃过程中顽固的负面信念系统

我们每个人从小到大都会被灌输很多很多的信念系统，尤其是结婚怀孕以后。这个信念系统会更加强烈地植入大脑，所以我们要保持高度的自我觉察，你便会发现，很多信念系统教导你的并不是真相。

信念系统会和你说，孩子太小了不好带，很累、缠人、夜闹，等到一岁以后就好了，等到会吃饭了就好了，等到会说话了就好了，等到上幼儿园了就好了，等到长大了就好了等。又或者是说，这个季节出生比较好，而夏天出生不好，夏天太热了，冬天出生也不好，冬天太冷了等。

因为这些都是人们习惯性的信念，如果不觉察的话，我们潜意识就会认同这样的信念系统，并默认让这些信念系统引领我们的生活。当我们的宝贝出生以后，诸如此类的信念系统就会跳入我们的头脑中，投射给我们变成现实的生活。所以觉察很重要，非常重要。

这里有一个很重要的点就是，这些信念系统，它只是信念系统，也许它只是别人的经历，甚至根本都不是那个人的经历，可能是很多年前，古老的一个说法代代流传，你要意识到它并不是真实的。事实上，在你这里，在你和宝宝这里它确确实实不是真实的，因为你的宝宝刚出生，你还没有体验呢，怎么能下这样的结论定义呢？换句话说，你和你宝宝的所有体验都还没有发生，都是全新的，就像一张白纸一样，所以，不要被这个信念系统牵着走。你要意识到，这是全新的，这个体验稍纵即逝，过了就没有了，所以不存在春季舒服，秋季舒服，夏季太热，冬季太冷，不存在这些的。任何时候，宝贝的出生都是完美的，是他选择就想要在这个完美时刻降临到这个精彩绝伦的世界，不管他选择的是什么季节什么时刻，都是完美的。一切都为他准备好了，天气是完美的，季节是完美的，他出生就是完美的。

再比如说，为什么说不存在夜闹这一信念系统，因为宝宝出生降临到这个世界的时候，他并没有时间的概念，没有空间的概念，在那一刻，他不觉得半夜就得睡觉。所以，当你不评判，不带着这样先入为主的信念的时候，你只是陪着他，允许他，可能他今天是这个样子，明天就不一定了啊，后天也不一定啊。

所以不要去谈论和扩大这些，永远永远永远只关注我们的宝宝：哇哦，你今天和昨天不一样，今天是全新的，谢谢你来到我的生命里，我们共同体验这一趟生命旅程。这个期间，我们是一体的，你就是我，我就是你。谢谢你的到来让我体验爸爸这个角色，谢谢你的到来让我体验妈妈这个角色，淋漓尽致地去体验，就是去体验，不赋予它任何意义，便不会被那个所谓的意义束缚。

收获巨大的奇迹——宝贝的生存能力远远超越我们的想象

原计划十多天的旅程，受疫情影响被拉长至四十天，宝贝吃的穿的用的都需要在不同的旅途中进行补充，很现实的问题就会出现：品牌不一样，吃不惯怎么办，用不惯怎么办，生病了怎么办？

真相是，宝贝的生存能力远远超越我们的想象，当我们决定延长旅程时，便完全地信任宝宝，相信他可以适应吃、住、行，以及他作为婴儿的一切所需。实际上，这也是对生命本能的臣服与信任，生命本身的属性就拥有强大的适应性。于是，我便完全放下了所有的担忧及恐惧，例如他吃不惯怎么办，吃不饱怎么办，睡不好怎么办，尿不湿不好用怎么办，路上拉便便了怎么办等。取而代之的全是祝福和信任：他可以，他可以，他可以，他可以。

结果就是他真的可以，哇，真的超级强大，对我也是非常有力的贡献。

生命本身是属于大自然的一部分，属于自由。千寻宝宝在路上是非常开心、非常喜悦、非常兴奋的，他感受到了生命的自由。虽然他不会说，但他通过身体的表现，就在告诉我们，他喜欢在路上畅快的感觉，他的生存能力，不，确切地说，是人类的生存能力远远超越我们头脑的想象。

如果一开始我们的思想传递的是：宝贝这个不能，那个不行，这个他做不到，那个他做不了，换了奶粉他会吃不惯的，途中他会哭闹的……总之都是各种不可想象的麻烦等，那他就真的不行，不适应。这很重要，请觉察，真相不是宝贝他不能、他不行，而是养育者投射的思想限制和条条框框在预先框定他、限制他的行为表现，所以，他才发展出了与那个限制和框框所匹配的外在表现。这很重要，非常非

215

常重要，只要你用心去观察去觉察，你会发现，真相是他可以，他可以，他可以，他可以。前提是你不预先赋予他限制、否定以及各种忧虑和焦虑。

这一路，我时常感恩千寻宝宝给我做的巨大贡献，让我看到了生命的强大与不可思议，他可以，他可以；映射出不管我们是谁，我们可以，我可以。他总是充满爱的笑容让我看见生命的初始状态就是开心就是喜悦，是那种完完全全的开心与喜悦。不是到达了哪里，拥有了什么才允许自己开心才允许自己喜悦。不是的，是全然的开心与喜悦，跟到达了哪里拥有了什么没有关系。并且，那份开心与喜悦里，是带着一份深深的巨大的满足，他的活力与激情让我看见了生命是如此的鲜活，如此的新鲜，如此的兴奋，如此充满活力。

我爱你宝贝，我爱你，我美丽精彩的生命。

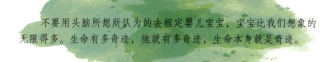

不要用头脑所想所认为的去框定婴儿宝宝，宝宝比我们想象的无限得多。生命有多奇迹，他就有多奇迹，生命本身就是奇迹。

你享受的都会极大地滋养你

千寻宝宝半岁以后，大部分外出，都是坐婴儿车，有些时候我很享受抱着他和他在一起的感觉。可能是清晨，可能是午后，也可能是傍晚，就是选择一个舒服的时间，我抱着他走在小路上，走在园区里，走在公园里，觉察并主动放下头脑思想中先入为主的信念——他很重，他太重了，抱着他很累等这样的信念。对，放下这个信念，然后，就去感受，是的，去感觉。就是感受他和你在一起，感受他柔软的身体，贴附在你身上，他很享受，你也很享受。就这样带着他一起走路，看着他东张西望，感受他的兴奋他的喜悦他的满足，感受你此刻就变成了那个婴儿宝宝，他在享受这个世界，你能感觉得到，这是一个精彩美妙的世界。婴儿宝宝看出去的每一眼都写满了兴奋，都是全新的，都是完全处在当下的。走在路上，走着走着，你忍不住想跪两下脚逗逗他，不可思议的是，他会非常默契地配合你，你们彼此都很默契，你会感觉到你们的默契，哪怕是你走着走着，突然跪下脚，他也没有恐惧。你们的节奏很和谐，在共鸣，很完美，是在一个韵律上，他咧着嘴笑，眼睛里闪烁着光芒。

所以，当你处在感觉和感受中时，你就忘记了，你忘记了他好重呀、你好累呀这样的信念，你会完完全全沉浸在那一刻的体验中，你与他是一体的，你们徜徉在园区里，看着大自然，感受着风，听着鸟叫，闻着花香，就是散步，静静地散步。他想驻足看某样东西，可能是片树叶，可能是只鸟儿，你就是陪着他一起看，你甚至能走进他的内心，感受到他的满足与兴奋。静静地陪伴，静静地享受，静静地感受彼此，真的很舒服，极大地滋养彼此。这是非常美妙的人生体验，不可多得的天伦之乐，我向你保证你会备受滋养。

我发自内心地想说，我亲爱的宝贝，谢谢你来到我的生命里，谢谢你的纯净，谢谢你的天真，谢谢你散发光芒的眼神，谢谢你永远给我展示生命的初始状态与生命的本质，那就是好奇与兴奋，开心与喜悦。谢谢你感染着我，引领着我，谢谢你爱着我，给了我那么那么多的爱，谢谢你，谢谢你，我爱你，我好爱你。

和他在一起的时候全身心地和他在一起

有些时候我需要单独外出办些事情，千寻宝宝就和先生在一起，或者和姥姥在一起。当我需要外出的时候，我并不会因为此刻放下了千寻宝宝而自责，相反，我会确保自己全身心地待在新的境遇里。所以，本书开篇我说，真相是，每个爸爸妈妈都是世界上最好的爸爸妈妈，最棒的爸爸妈妈，因为无论你在哪里，你是谁，你都已经做了在你所处的境遇里最好的最棒的事情，你已经在你的能力范围内给予了最好的爱最满的爱给宝宝。所以，接纳自己、肯定自己、允许自己、欣赏自己很重要。

而当我和千寻宝宝在一起的时候，我会确保我是全身心地和他在一起，好好地陪伴他。当我全身心地和他在一起的时候，他真的很满足、很享受、很好带，是特别好带，我也很满足，会沉浸在与他互动的亲密中，享受彼此，滋养彼此。

越小的孩子，他的感知能力越强。如果我与他在一起，我是身心分离的，也就是，人在他身边而心不在，心里头脑里想的都是跟他无关的事情，很不可思议，他会瞬间感知到我的那份身心分离的分离感，他会表现得焦躁不安，有情绪或闹人。然而，当我把我的意识和关注全部给到我与他的互动时，他也会瞬间感知到我与他是真正在一起的，我们是一体的，是身心合一的。立即，他会感觉到一种大大的安全感、深深的满足，情绪会表现得特别舒缓，很平和，很喜悦。

连接大自然

处在旧有的思维信念中，普遍的说法是新生婴儿很脆弱，他不能出门，不能吹风，不能日晒，不能吹空调等。

然而，事实并非如此，婴儿宝宝作为一个新生命来到这个世界上，他是那么兴奋，那么新鲜，那么强大，每一刻他都充满了对生命的好奇、对生活中的一切好奇，探索欲万分强烈，远超成年人。

用心观察你便会发现，宝宝长时间在房间里，他就会焦躁、哭闹，然而，一旦带他出去，他那极其敏锐的感知能力立刻就能感知到大千世界带给他的新奇与喜悦。

这个在我带千寻宝宝环球旅行的时候，感受非常明显。在车上，或者在飞机上，他东张西望，父母百分百地允许他做他想做的，他看一会儿，累了就会很乖地自己睡着了。爸爸妈妈并没有特别累，因为，带娃给我的感觉实在很轻松，丝毫未影响我们的旅行安排，又大大提升了孩子的眼界和见识。由于他见得多，眼睛就越发的灵动，发育也似乎更容易。非常明显，他的眼睛比同龄的婴儿宝宝更水灵闪亮，他的状态比同龄的婴儿宝宝更加活跃、活泼、敏捷。孕婴店的工作人员说看到千寻宝宝闪亮的大眼睛就知道他是吃DHA的宝宝，我笑着回应，还真没有，从来没有吃过。

还有一个优点就是，在他身上几乎不存在择床、挑奶粉、择环境、挑人等困扰。正因为他体验的变化多，因此他适应能力非常强。今天住这样的住处，明天住那样的住处，他都可以，非常省心。旅途中难免会有太热、太冷、雨雪天气等，但我知道，大自然本身就是无条件的爱，在为地球、为家园源源不断地提供各种资源供人类生存享用，因此，我相信大自然对人类对宝贝也一定是会给予他无条件的爱，所以，我不认为这些天气的变化会给宝贝带来所谓的伤害。当你这样做时，真的真的就很奇迹，宝贝被照顾得非常好，非常棒，他非常开心，非常喜悦。

再一次，我亲爱的读者朋友们，请不要轻易地相信我说的，你要去试，去体验，你立即就会看到结果。结果就是，孩子越连接自然、越与自然相处，就越强健、越开心、越活泼、越喜悦。

所以，请放下恐惧、担忧和担心，多允许多相信，多让他与自然连接。异地或本地都可轻松实现，公园、绿地、大海、动物园，都是极好的场所。

享受大自然的馈赠

千寻宝宝喜欢早早地起床，我很喜欢清晨带着他在小区里或者在公园里散步，那个感觉十分美好。

清晨，大地复苏，万物经过了一整晚的休眠，都好兴奋，好喜悦。你会听到鸟儿们在欢唱，阳光洒在树叶上，洒在花朵上，穿过小树林，穿透随风摇曳的树枝，实在太美好了。空气是那么新鲜，和宝宝静静地徜徉在这大自然中，什么也不需要做，只是去打开我们的五感，去感受，去感知，你会发现宝宝也很爱这个时刻，他就安安静静地享受着大自然的供养。

这个时候我的习惯是不再给他放任何音乐，也没有太多的交流，更多地让他自己保持与大自然的连接和探索。有时候我感觉很兴奋需要和他交流就交流，或者及时回应他，一般的时候，就彼此待在这个大自然当中，就去享受那份宏大的壮丽的馈赠，那份富饶的礼物，那份惊喜，那份新鲜，那份美好。

哇，你真的觉得生命太美好了，是真正的看到生命的美好，听到生命的美好，感知到生命的美好。你不孤单，从来都不孤单，真的，它们都在这里，一切的一切都在这里，都在陪着你，陪着我们，供养着我们，生活是美好的。感恩！

用婴儿宝宝的眼睛看待这个雨后的清晨

雨后的清晨，别样的美：路面被雨水冲刷得一尘不染，特别清晰，特别清爽，各种植物的叶子都被冲刷得特别干净，特别亮丽，特别清新，感觉特别好。

你还会看到有一些雨珠，还停留在叶子上，就像小露珠一样，晶莹剔透。也许没有人在乎它，也许没有人欣赏它，但是当你去欣赏它，去看见它在贡献那份美的时候，你真的会感觉到被它滋养，被美好滋养。心生美好，感觉很好。

我走在雨后的院子里，走在被冲刷过的小路上，感觉是那么好。然后，我就不停地感恩它们，感谢它们。感恩这一切的一切在此刻与我在一起陪着我，我就用手温柔地去触摸它们，感觉好玩极了。每一种植物，当你触摸它们抚摸它们的时候，它们的感觉都是不一样的，很温柔，很温柔，它们和你共舞，真的，那是一种生命和生命的共舞，太美了，太好了。

我爱大自然，我喜欢这一切，我感恩这一切，我把我的爱传递给它们，我把我的感恩传递给它们，多么美好的一天，不可思议的美好。

生活不是关于目的地

你在哄宝宝睡觉，心里就不要想着，赶快把他哄睡着就好了，而是去融入那个过程里，去感受你拥抱宝宝娇嫩肌肤的感觉，感受他身体的温热，温柔地抚摸他的头、他的胳膊、他的腿、他的小脚；或者选一首曲子，你抱着他一起融入音乐里。通常在你这么用心地去融入的那一刻，他反而很快就会安静地入睡。你在喂宝宝吃饭，心里就不要想着，赶快把饭喂他吃完就好了，而是去融入那个过程里，去看他吃得满足的表情、喜悦的眼神，听他嘴里发出享受和满足的声音。你在给宝宝洗澡，心里就不要想着，赶快给宝宝洗完澡就好了，而是融入那个过程里，有时候只是看着他在水里认真地玩着各种玩具，拍打着水面，带着爱的感觉去给他洗头洗澡，情不自禁地，你的动作是轻柔的，他会回应给你温暖的眼神，表示他很享受这个过程。

不要被"赶快到达×××目的地"所驱使和牵制，如果去觉察一下自己的生活，你会发现，你总是无意识地被"赶快到达×××目的地"的模式牵制着去行动，于是，出现了各种不耐烦、不接纳和对抗。然而，我最最亲爱的读者朋友们，我们的生活、我们的生命恰恰是关于过程的，不是关于赶快到达×××目的地的。如果你能稍有觉察，放下那个"赶快到达×××目的地"的思维模式，便会发现，你很容易活在当下，融入每一个发生的过程、体验里。奇迹的是你会在每一个发生的过程里找到属于那个体验的乐趣和喜悦，于是，你不急着到达那个所谓的×××目的地，你只想享受每一个不同的旅程。

放下头脑中不停出现的一个个"目的地"的思想，你便会沉浸在带宝宝的每一个过程里，那份喜悦之中。那是一份纯然的融入与爱的共鸣，你不再想着赶快把他搞定，赶快如你所愿地达到某个目的地、某个结果。你会发现，这里没有无聊，你只是一位陪伴者。当你待在你的中心，你会意识到是宝宝进入了你的生命来陪伴你体验爸爸、妈妈、爷爷、奶奶、外公、外婆这个角色，而这一个又一个的过程就组合成了你的生命状态，是你在编写着你自己的生命状态。你只是一位陪伴者，是你进入了宝宝的生命来陪伴他体验孩子或者孙子这个角色，所以这一个又一个的不同体验都是关于过程的，是组成你生命的那幅巨大拼图里的一个个小小的拼图块。它不是关于"目的地"的，不是关于结果的。没有这些过程，这份角色的体验便是一种缺失，你将无法领略生命那整幅图的曼妙与精彩。

如果我能再次养大我的孩子

——（英）仑曼斯

如果我能再次养大我的孩子，

我会先蹲下，再温柔地诉说。

我会多将拇指竖起，少用食指指点。

我会拿出更多微笑给孩子。

如果我能再次养大我的孩子，

我会少用眼睛看分数，多用眼睛看优点。

我会注意少一点责备，而去多一点关心。

我会将板着的脸收藏，

而成为孩子的玩伴，跟着孩子一起跑到原野去看星星。

如果我能再次养大我的孩子，

我会早早地将他推出门……

尽管我很心疼。

我会多拥抱，少搀扶。

我不再追求对权力的爱，我会效法爱的力量。

如果……

如果，已经没有如果，

我不再后悔过往行动，从当下开始！

　　生活有意思的原因之一就是没有如果，种一棵树最好的时间是十年前，其次是现在。永远重要的都是，此刻现在你要什么，开始去行动。

第三章

每个人都值得活出生命的无限

3

生命的真相，你是谁？

他的每一个咿呀学语都在表达着喜悦与满足；他踏出的每一步都带着满满的开心与兴奋；从早到晚一整天他都能量满满，他那里只有爱与喜悦，平和与满足；他也只会流淌出爱与喜悦，平和与满足。

特别感恩千寻宝宝给我的贡献。

你是谁？

你是你所是。

你是开心，你就会投射开心，就会匹配开心的人、事、物来到你的生命里供你体验；

你是美好，你就会投射美好，就会匹配美好的人、事、物来到你的生命里供你体验；

你是控制，你就会投射控制，就会匹配被控制的人、事、物来到你的生命里供你体验；

你是匮乏，你就会投射匮乏，就会匹配匮乏的人、事、物来到你的生命里供你体验。

一切都是关于你的，外面的人、事、物是那面镜子，来投射出你内在的拥有，看见它们，认识自己。回归生命的初始状态，那就是全然的开心、喜悦、平和、满足、兴奋、有爱，你便可以拥有一个精彩美妙的人生。

关于生活的所有秘密

非常感恩千寻宝宝选择来到我们的家庭，选择我作为他的妈妈体验这个精彩的生命角色。在他身上我忆起了我自己，养育他便是养育我自己，陪他便是陪我自己，爱他便是爱我自己，享受他便是享受我自己。

我很爱他，很感恩他，感恩他每时每刻都给我展示生命的初始状态，那就是全然的开心、喜悦、平和、满足、幸福、友爱。

每天早上一睁眼的那一刻，他的眼角和嘴角都挂满笑意，整个生命状态写满了兴奋、激情、好奇、期待、活力、喜悦。他的感染力特别强，把我也带入了他的生命状态里，特别滋养。

每一个大人不得不承认一个事实，那就是，在开心快乐、幸福满足方面，孩子就是大人的老师和榜样。

宝宝特别活在当下，他做任何一件事情，他去到任何一个地方，他是全情全然百分之百投入其中，因此，他非常享受那整个过程，他会把自己奉献给那个过程，与那个过程在一起，彼此交融，与那个过程一起共舞，在那个共舞的过程里，他收获了满满的满足、深深的喜悦，那么简单、那么纯粹。从这个地方，换到那个地方，要放下他就会彻底地放下，跟随环境的变化而变化，随时让他自己切换到新的环境里，并立即在新的环境里找到新的乐趣与兴奋。

实际上，关于生活的所有秘密，就在这里了，那就是全情地投入到每个全新的当下，在每一个当下放入新的乐趣与兴奋。

谢谢你，我亲爱的千寻宝宝，谢谢你的引领，谢谢你榜样的力量。

也因此，我成了一个幸福的、开心的、喜悦的、满足的、有爱的人，我很幸福。我爱这个精彩美妙的世界，我爱我的生活，我爱关于我的一切。

秘密之中的秘密——随时随地保持自我觉察

觉察什么？

觉察你在说什么、你在想什么、你在听什么、你在看什么、你在关注什么，这些就组成了你的生命。如果你的"所说、所想、所听、所看、所关注"都是你喜欢的，那你便创造了你喜欢的人生。反之亦然。

重点来了，既然我们的"所说、所想、所听、所看、所关注"持续地在创造着我们的人生，那就说明力量在我们每个人的身上，我们是自己人生的创造者、主宰者。如果，现在的人生不是我们想要的，我们是否能从今天开始、此刻开始，随时保持自我觉察，把我们旧有的模式，即"所说、所想、所听、所看、所关注"都调整成我们喜欢的样子，这便是在创造了。

于我而言，自我觉察是随时随地要做的事情，已经成为我的生活习惯，像吃饭睡觉一样重要的事情。比如，这个地方太吵了，让我感觉不舒服，我就会立即转身，去一个安静的我感觉好的地方，并不会去讨论这个地方如何如何不好。再比如，每天清晨，我会觉察，这是多么全新的一天、精彩的一天，我是多么精彩独一无二的人，我只为自己创造全新的美好的生活。我会去留意，食物是那么美味，会去感恩食物给我身体的贡献；会去留意阳光的美丽和洒在身上暖暖的感觉；会去留意人们的笑脸和所有美好的事物；会感恩我的家人陪伴着我，感恩房子给我提供了非常舒适的睡眠环境；当我开车或者乘车，也会感恩交通工具给我的便利等。当我这样做时，我的感观变得更加扩张，不可思议的灵敏。我会看到孩子们的喜悦，听到鸟儿们的欢唱以及风吹树叶的声音，每天总有那么多的美好和奇迹出现在我的生活里，会看到生活的美好，到处都是无条件的爱，我变得特别开心，感觉非常好。

因为我们生活在一个旧有的负面信念系统里，从小到大我们被教导去关注所谓的不好的地方、苦难的地方，久而久之，我们就为自己创造了不开心、不满意的生活。而真相恰恰是，关注什么就为自己创造什么，或者说，关注什么就为自己带来什么。既然都是创造，我们何不让自己只关注美好积极的方面呢？

我亲爱的读者朋友们，让我们试着开始自我觉察。你们完全不需要相信我说的这些，只需选择一天去这样测试一下，只是一天，你就会发现你的生活中惊人的变化，看到你生活中不可思议的美好。当你看到效果时，你再多一天地这样做，又多一天地这样做……慢慢地，你的人生便出现了变化，到处能看到美好与奇迹，你会更加爱你自己，爱你精彩的生活。

极简生活的意义

全家最长的旅行是在千寻宝宝四个月大的时候，去了俄罗斯和土耳其。在俄罗斯和土耳其两个国家一共待了四十天，行程跨度较大：莫斯科—伊尔库茨克—胡日尔—利斯特维扬卡—贝加尔斯克—莫斯科—摩尔曼斯克—捷里别尔卡—洛沃泽罗—伊斯坦布尔—伊兹密尔—安塔利亚—孔亚—卡帕多奇亚—卡什—费特希耶。两个国家，十五个城镇，最后在卡什小镇结束了这趟完美的行程，一路上有风、雪、雨、雾，我们体验了四季的变换。

回望这次体验，全家的托运行李总共只有三件，一只 28 寸的行李箱、两只 20 寸的行李箱，剩下的基本都是随手拿的行李袋，一共就这些，真的像是一个移动的家，承载了一家四口的吃穿用度。我也不知道是怎么做到的，就过上了极简的生活，真的很有意义，加深了我对极简生活的重视和认同。

物质丰盛的今天，一切都被提供得如此充足，并不需要囤积，并不需要占有。我们真的已经拥有太多了，不需要更多了。不知不觉中，极简的生活贯穿了我的方方面面。如果你去我家，你会看到，客厅只有一张沙发，没有茶几，没有电视柜，没有电视。每当看着空空的客厅我就感觉很舒服很顺畅，那一刻真真切切地领悟到，少即是多，空即是满。

　　书房也是空空的，一张落地茶台。卧室除了床，几乎没有什么可移动的家具。我知道，当我的内在是满足的时候，外在的东西我都不再有那么多的渴望和需求了。人生的方方面面都需要断舍离，因为短短的一生，我们并不是为了积攒而来的，而是为了活出生命的喜悦与绽放，扩张每个人本就拥有的万千面相而来的。并不是某一个面相才是你，而是每个面相都是你，并且每个面相的本质都闪烁着璀璨的光芒。只有放下过去、放下旧有的信念与思想，才能腾出更多的空间迎接崭新的创造。

享受清晨的时光

　　自从有了千寻宝宝，我总是起得很早，原因之一是他起得很早，我需要跟着早起；原因之二是晚上睡得早，早上自然醒得就早。有些时候，早上四五点钟的样子，他还在睡觉，我便早早地起床了。

　　我真的热爱清晨的时光，四周静悄悄的，蛐蛐还在草丛中叫，小区里传来各种鸟叫声。仔细地听，会发现每一种鸟叫的声音穿透力都很强，在这份宁静里，可以清晰地感受到那声音在空气中穿行。走在小径上，会闻见不同植物散发出的不同气味，花儿们竞相开放，我不禁放慢脚步，不忍打扰如此和谐如此美妙的宁静，只是满足而喜悦地欣赏着。它们都在欢庆新一天的到来，很像在演奏一场盛大的交响乐，演绎的是如何载歌载舞欢庆生命。

迎面微风吹拂，似乎在向你打招呼，安静的湖面映射出美丽的天空。看着眼前的一切，感观变得如此鲜活，一种本能的内在兴奋与喜悦油然而生，感受到所有的生命都在喜悦里开启了全新的一天，如此新鲜，如此美好，如此享受。时间允许的情况下，我会在湖边晨练，那又是另一种极致的享受，真正地完全地和自己在一起，邀大自然做伴，揽空气入怀，一段太极或一段舞蹈，或者只是坐下来静静地感受自己那均匀的呼吸，都是非常美妙的。在那份广阔的宁静和空无里，能感受到空气的流动和新鲜，感受着老祖宗流传千百年的"气"的滋养，舒展一阵子，浑身轻松自在，感觉细胞变得格外鲜活，血液流动都更加畅快了。

几乎是轻舞飞扬地回到家，做些简单的早餐，再叫醒家人们，一切都那么完美。

每一天都是全新的

每一天都是全新的，这个道理不难理解，很多人都懂。但不知道有多少人在生活中喜欢使用这个简单而极其强大的真理。

于我而言，我每天都会使用，而且是随时随地地使用，深入骨髓地使用。

似乎已经融入我的 DNA 中，每天一睁眼，那个声音就会自动地传来：哇，今天是全新的一天，一切都是全新的。我是全新的，千寻宝宝是全新的，有有姐姐是全新的，先生是全新的，一切的一切都是全新的。

要怎样理解这个"全新"的程度呢？我想把它讲得更深入更透彻。这个全新的程度真的就像刚刚出生的婴儿一样，完全是空白的、干净的、未被设定的，在等待着你想填入的。是正向积极的感恩、喜悦、美好、丰盛呢，还是负面消极的指责、抱怨、愤怒、不满、匮乏呢？每天都要花一点时间看看我们给自己每天的生活放入的是什么。放入的是因，呈现的是果；放入的是什么，呈现的就是什么。而人们往往更容易忽略"因"的重要，持续地浪费时间与精力在"果"上挣扎。

刚刚出生的婴儿只有美好与积极，人们会祝福他开心喜悦，健康阳光；会祝福他成为画家、舞蹈家、科学家等。人们不会说，你肯定成不了什么什么，不会的，永远不会这么说，人们给出的注入的都是无限的希望，"无限""希望"这两个词真的要重点强调。因此，每天我确保给自己注入的一定都是正向积极的感恩、喜悦、美好、丰盛、无限、希望。

这完全是生活中一个转念的工具，随时随地把自己切换到"全新"这个模式里。在全新的模式里是没有过去的故事，没有挣扎的戏剧，没有信念思想存在的，尽可能地放入你想放入的，你想成为的，因为全新等同无限。真相是，每一天它确实是全新的、新鲜的、未被设定的、精彩绝伦的、独一无二的、不可思议的。

你值得拥有一个美妙的一天，又一天，再一天……

你就是如此美好的人，值得拥有世间的美好！

感恩

感恩千寻宝宝给我的贡献，让我亲眼看见，生命的属性是喜悦的，生命的本质是喜悦的。不是说他出生在皇宫里，他才要喜悦；不是说他出生在贫民家，他就不喜悦。不是这样的。是，生命的本质是喜悦的，用喜悦过完一生，无论他是在皇宫还是在贫民家，都是喜悦的。

感恩我的妈妈在千寻宝宝出生的第一个月里，帮我照看宝宝。我看到妈妈那么温柔、那么有爱、那么有耐心地照看小宝宝，妈妈的这些举动彻底地疗愈了我，我看到的是，我的妈妈那么温柔、那么有爱、那么有耐心地照看婴儿时候的我，我是那么备受宠爱、备受呵护、备受接纳，我是那么完美完整。因此，在我长大的过程中，妈妈对我的严厉、指责、批评，都彻底被清理了，此时我只看到妈妈对我满满的无私的爱与欣赏，接纳与喜欢。在那样的年代，没有什么家用电器，她要照看我和姐姐，还要料理家事。没有空调，没有洗衣机，没有自来水，无论春夏秋冬都是手洗衣服；没有天然气，土灶做饭；没有洗碗机，手工清洗；没有尿不湿，妈妈要不停地清洗尿布；没有婴儿车，没有小巧便捷的婴儿辅食工具，很多现代化的设备都没有，真的难以想象。我被这份浓烈的爱与亲情感动得哽咽，然而，妈妈依然把我和姐姐照顾得那么好，那么仔细，我们被养育得那么健康。

妈妈，我爱你，你是如此优秀的妈妈，如此棒的妈妈。

今生，我是我生活的创造者，我感恩如此美好的生活，时刻带着觉察带着爱全情迎接完美精彩的一天。我那么热爱我自己，热爱我的生活。感恩我拥有如此健康的身体，感恩那么多的美食滋养我的身体，感恩那么多的酒店照顾好我的睡眠，感恩五湖四海的家人们聚在一起相互陪伴，感恩地球母亲的壮丽多姿，感恩祖国的交通如此便捷，感恩一路遇到那么多给我爱的人们，感恩感恩感恩感恩⋯⋯

那么多的朋友们，我生命中的天使们不停地给予千寻宝宝爱与鼓励，给予我支持与帮助，让我非常享受非常轻松地完成了本书的写作，无尽地感恩。

每个人都值得活出生命的无限

生命是无限的。如果你用有限去限制它去框定它，那就只能活在一个有限的生命里。这个有限是非常局限非常狭小的，如果用一个形象的比喻，就好比是一个鸟笼，它是被条条框框框限制住的。然而，生命的本质是无限的，是那片天空，是那片海洋，它是浩瀚的，无边无际的，这取决于我们如何使用它信任它。

这本书已接近尾声，我的初衷是想用千寻宝宝环球旅行的故事来展现生命的无限和不可思议。如果一个婴儿宝贝可以活出生命的无限，那么，我们每一个人都可以，无论年龄是多大，我们都可以活出生命的无限与未知。

此生我们只活一场，对待我们所拥有的这个生命，不妨大胆一些，勇敢一些，去踏入那片未知，去拥抱那份未知。正是这份未知，它充满了神秘，充满了奇迹，充满了惊喜，充满了兴奋，充满了好奇，充满了不可思议。每个人都想要去探索它，想要去触碰它，想要真正地热爱并拥抱它。而当我们有意愿放下那个固有的限制，尝试着勇敢地迈出我们的双腿，迈出去，哪怕只是一点点，你都会收获到不可思议的惊喜与奇迹。像婴儿宝宝学步一样，一点一点地迈出去，再一点一点地迈出去，再一点一点地迈出去，慢慢地慢慢地迈向更多未知的领域，那个未知就会源源不断地回馈惊喜和礼物给我们。生命就是在这样的未知、探索、体验、感受中，一点点地向外扩张，再扩张。

你感受到无尽的美好与满足，感受到对每一天的到来充满了无比的期待与热情，在生命的最后，回望这一生，你会发自内心地赞叹，这一生多么美好，多么不可思议，我很满足，我享受了我的一生。而不是后悔或遗憾。

生命的意义

千寻宝宝六个月大的时候，他的爷爷病逝了，享年八十四岁。

全家急忙从信阳赶回郑州，并未见到爷爷最后一面。在安顿好一切之后，我与先生带着有有姐姐和千寻宝宝一起去医院的太平间看望爷爷。

我和先生都没有传统的限制性观念，认为孩子们太小不能去太平间这样的特殊地方，所以，带上两个孩子去那里是很正常的事情。并且，让他们真实地看到生命的结束和亲人的离世也是很重要的人生体验。正因为我和先生都没有这种顾虑和恐惧，所以，我们更不会为自己在日后的生活里创造所谓的灾难或不幸。

更想分享的是，这次在太平间的体验和经历，让我看到生命的意义是什么。

在地球上短短的一生，每个人赤条条地来，再赤条条地走，这不是一句安慰人们的心灵鸡汤，于我，生命的意义都浓缩在这句话里。

是的，在地球上生活的每一个人，毫无例外，都是"赤条条地来，再赤条条地走"，无论生前是多么有威望有名，多么财富显赫，多么平淡无奇，多么默默无名，这都是人生的最终归宿。所以，归根结底，什么才是我们这一生真正能拥有的呢？

看着千寻的爷爷安详平静地躺在那里，似乎他只是睡着了，可这一睡就是长眠，不再醒来。我在这寂静无声里，清晰地看到，自己和身边的亲人每天还能在清晨苏醒，就是极大的满足和幸福；我看到，自己能品尝到美味的佳肴，就是极大的满足和幸福；我看到，自己拥有如此健康轻盈的身体，就是极大的满足和幸福；我看到，自己能笑得那么纯粹和自由，就是极大的满足和幸福；我看到，自己能有那么多亲人的陪伴，就是极大的满足和幸福；我看到，我的五感是那么鲜活那么灵敏，每天我都感受到我的五感带给我的感观体验和感觉，就是极大的满足和幸福；我看到，我的双脚走过那么多的地方，还将要继续去更远的未知旅程，就是极大的满足和幸福。而不是，一味地积累囤积，无论我积累囤积的是更多的财富、权力、威望、房产，别人眼中认为我好、别人眼中认为我重要等，也不是一再忽略那个一直在跟我沟通给我指引和方向的我内在的声音。

多么珍贵的生命礼物，谢谢你，亲爱的公公，与你相对的这一眼，我了悟了生命的真相与意义。那就是，做内在声音告诉你的那个真实的自己，时刻让自己活在开心、喜悦和好感觉中，这便是生命的全部，这便是真正的丰盛与富足。你会在走完这一生的时候，微笑着离开，内心是极大的圆满、完整、喜悦、满足、丰盛，你会在这种好感觉中欣然接纳生命的结束，并且，对于死亡，你从未感到孤独、害怕、担忧、焦虑、恐惧。

你发自内心地说，是的，这一生很好，我享受了这一生，这感觉很好，感觉真好。在这份巨大的满足和好感觉中睡去，不再醒来。

最完美的爸爸妈妈

相信你自己，相信你内在的力量。分享了这么多，请不要轻易地相信我分享的，那个无法给你带来力量，力量在每个人的内在。这本书并不是倡导大家来使用这些方法，而是要在这些分享里面看到一些可以借鉴的力量。这么多的方法里面，如果你感觉好，管用，好用，你的宝宝也感觉好，那你就可以轻松地使用。如果你感觉不那么好，对你来说不好用，那你就先放下它。当你使用你内在的好感觉作为指引去与你的宝宝相处的时候，你会看到你的强大，你会看到宝宝的强大，你会看到生命与生俱来的力量，那不可思议的强大力量。

因为在你和宝宝的互动之间，只要你将内在的好感觉作为指引，全然地活在当下，你内在的好感觉一定会指引你，给你一个最佳的最适合你和宝宝之间的有效方法。那个时候，你会体验到你的强大、你的力量以及宝宝的强大。所以，适合千寻宝宝的不一定适合你的宝贝，没有什么是绝对的，没有什么是一定的，原则和前提是请你选择跟随你内在的好感觉和你内在的指引，那个便是你的方向你的路。只要你活在当下，选择跟随你内在的好感觉，跟随你内在的指引去与你的宝宝相处，你一定会收获一个非常开心、非常喜悦、非常圆满的亲子关系。

生命是如此不同，每一个人是如此独特，如此独一无二，所以请跟随你内在的好感觉，跟随你的指引，那便是最好的最适合你的。请相信，在这个世界上，你的内在感觉永远都是你最好的老师。只要你用心，听从你内在感觉的，听从你内在指引告诉你的，我向你保证，每个人百分之百都是顶尖的育儿高手。

这本书给到的是一种指引和借鉴的力量，请一定一定相信你内在的感觉和你内在的指引，要相信你与生俱来就拥有这个强大的力量和本能。是的，你百分之百拥有这个强大的力量和本能。你看，你把一个小生命，从一个看不见摸不着的细胞，十月怀胎孕育成一个如此生动鲜活的人儿，你是多么强大，你是多么伟大，你是多么有力量。所以，我亲爱的，相信自己，那个感觉就在你的内在，它每时每刻都在等待着你，等待着给你指引，给你方向，请敞开你的心去聆听它，去相信它，勇敢地使用它。你会做得很好的，一定的，你一定会做得很好，因为，毋庸置疑，你就是那个百分之百顶尖的育儿高手，你就是世界上最完美的爸爸妈妈。

每个人的内在都拥有不可思议的强大力量

好开心好喜悦，这本书就这样轻而易举地完成了，没有丝毫的费力与挣扎。因为所写的内容全部是我真实体验中的内心感受，只是把感受与感觉以文字的形式记录下来。

很多内容是在半夜完成的。千寻宝宝自出生以来，习惯性地早睡早起，我的作息时间大部分与他一致，晚上六七点钟就睡觉了，早上五六点钟就起床了。

很多时候我不需要那么多的睡眠。有时候夜奶结束，安顿好他，我处在兴奋中，会有大量的灵感，就开始写作。刚开始的时候我并不知道要写一本这样的书，只是拿起手机，有感而发地记录了下来。就这样，记着记着，当从土耳其回到国内时，为了配合防疫工作，境外回国需要居家隔离十四天，在这十四天当中，我才开始把零碎的记录整理到电脑上，归整完才发现，文稿已经接近三万字了。于是，出书的想法随之产生。当有了这样清晰的想法之后，我就开始整理千寻宝宝的环球旅行故事。于我，这是一个美妙的、精彩绝伦的、不可思议的、不可多得的过程，我感恩一切的发生，让我体验到了生命的奇迹与不可思议，收获了巨大的生命礼物，我想把它分享给更多的家庭和人们，相信这是一份爱的传递，一份内在力量的分享与传达。

很多旅程和体验里，千寻宝宝都是年龄较小的涉足者。如果千寻宝宝可以做得到，你的宝贝就可以做得到；如果我能做得到，你就能做得到，并且你会做得更多更好。生命与生命本身并没有什么不同，请相信我们每个人内在都拥有那个属性，拥有那份强大的爆发力，等待着我们去挖掘、去触碰、去使用、去绽放。

化蝶

　　与其说这是一本环球路上小婴儿的旅行故事和轻松育儿宝典，倒不如说这是一段生命蜕变的旅程。在这个过程中，我收获了无数的奇迹，于我而言，这是一份巨大的生命礼物。

　　无论我们知道多少道理和真相，生命都不会有什么大的改变，除非我们亲自体验（经历）到、感受到，才会看到自己那强大的不可思议的内在力量，才可以使我们蜕变。我们看似不停地在旅行的途中，而这一路的人、事、物、景，不停地让我看到、悟到生命的初始状态，是开心、喜悦、兴奋、探索、顽强、伟大。很多时候，或者说绝大多数的时候，人们活在旧有的惯性思维里，当然，并不是说这样的活法不好，只是这份强大的信念系统完全覆盖了我们生命的初始状态。被覆盖了的生命状态完全是被捆绑的、被束缚的、受限的、人云亦云的，久而久之，丢失了自己，变得焦躁不安，生活得不开心、不快乐、不幸福、不享受，生命慢慢地走向枯萎，认为得到的拥有的还不够，还需要更多的外在追逐才能使我们变得更幸福、更快乐、更富足。生命就在这种停不下来的追逐中流逝，却离真相越来越远，直至彻底地丢失了内在的自己。

世界上最可怕的事情，莫过于有眼睛却发现不了美，有耳朵却不会欣赏音乐，有心灵却无法理解什么是真相。不会感动，也不会充满激情。

这本书若能启发你、唤醒你，用心地活在每一个当下，活在感觉里，听从内心的感觉给你的指引和方向，你就会看到生命的美好与喜悦，伟大与奇迹。也许可以帮你找到一条离真相更近的路，在那条路上，你开始探索生命，开始一点点地回到自己。从认识自己开始，慢慢去发现并接纳那个本就独特、美好、精彩、顽强、伟大的你。

破茧成蝶，那是真正的你，终极的你。从此，你如此地热爱你的生命，热爱全新的每一天！

本书摄影作品出自

郑州梁文摄影师

丽江亚格摄影师

大理麋鹿摄影师

特别鸣谢以上摄影师的精湛作品，为本书呈现了独特的视觉盛宴！